廃園

Ballade d'une illusion florale

幻想花詩譚

井本元義

書肆侃侃房

廃園　幻想花詩譚＊目次

装画・装幀　宮島亜紀

廃園　幻想花詩譚

序

六十歳の時、一篇の詩が僕の心を揺さぶった。
「一輪の薔薇、それはすべての薔薇である」リルケの詩である。

広間のシャンデリアは革命前夜の松明のごとく燃え上がって壁中の鏡に反映した。金泥の額の中の光は永遠の迷路へ続いていた。深紅の薔薇と料理はすでにテーブルを埋め尽くした。燭台の匂いと冷たい肉の食欲をそそる臭みとワインの豊潤な香りが部屋中に満ちた。庭へ続くガラスの大扉をあけ放つと樹木の若芽の匂いが流れ込んだ。初夏の宵の紺碧の空が庭の奥の湖に光った。客は誰一人来なかった。なぜなら若い男爵は誰も招待をしなかった。彼は生活に倦んでいた。微風が頭髪を頰を唇をかすめていった。詩はもう書き尽くした。それだけが悲しかった。自死を決心する最後の切っ掛けはいつ訪れてくるであろう。蝋燭は燃え尽きた。静寂の中に満月が昇った。

シューマン　チェロ協奏曲

そして僕はさらに老いて花は枯れた。
しかし夭折の天才、李賀の詩に「堕紅残萼」という言葉を見つけた時、それは幻想となり滅びていくものの美しさの象徴になり再び僕を襲った。

二〇一九年二月八日

今回いままで発表したものを加筆して「幻想花詩譚」としてまとめた。

廃園……牡丹

最愛の妻を亡くした時、私は七十歳になったばかりだった。急に意欲を失くした私は長年手にかけてきた会社を売り払った。私の生を含めて未練を覚えるものは何もなく、全てを捨てたくなったのだ。しかしそれは妻の死が理由のすべてではなかった。私は密かにこの機会を待っていたとも言える。

老人施設の入居金と年金で死を迎える準備は出来る。残った金で何をするかである。

私は五十年にわたる現実の事業の合間にも読書が好きだった。しかしそれも一つを除いて煩わしくなった。残ったのは十九世紀末文学の最高峰の一つと言われるユイスマンスの「さかしま」だけである。貴族の末裔の最後の一人となった主人公、淫蕩の限りを尽くしたデゼッサントは城を売りパリの郊外に居を構える。世間を侮蔑した彼は日常生活と現実を拒否し、人工美の頽廃世界を創りその書斎に閉じ籠もる。妖しい幻覚のうちに彼は病んでいくだけである。

私は日本を離れ、パリの東北部の小高い丘に一軒の庭付きの家を借りた。デゼッサントほど金持ちでない私には小さな家でよかった。目的があるわけではない私には市街の中心よりも住みやすく思われた。それは正解だった。そこから市内を一望することができた。

パリの朝はぼんやりした薄いソーダ水のような色に明けていく。晴れる日の少ない空はいつの間にか午後を通り過ぎて、遠くまで広がる町並みの先へ桃色の気配を残して消えていく。市内の東のはずれの教会の尖塔を微かに赤く煌めかせることもある。朝焼けや夕焼けを映して打ち寄せるさざ波が、波打ち際に立った私の足元に打ち寄せるようである。

時折り若々しい朝日と水色が夜明けを破るときもある。その日の夕焼けは決まって激しかった。遠い市街地は大火に襲われたように真紅の中に果てしなく沈んでいく。そしていきなり厖大な赤黒い雲になって空中を占める。巨大な棺が燃えているようである。私は呟く。物語の始まりだ。動乱が起こる。革命前夜だ。

かの貴族のように裕福でない私でも、食には眼がなかった。鴨、豚、牛、鳥、鹿、猪、フォアグラなどその都度、ワイン、蜂蜜、オレンジ、ビール、香草、林檎の組み合わせで時間をかけて煮込んだ料理が好きだった。特に子牛の頭を輪切りにしたものを煮込んだものは好物だった。デザートは極上のメロンを半分に割って、赤ワインを流し込み、果肉とともに味わうのがいい。

家政婦は盛りを過ぎてはいたがまだ娘で、大柄で動作がやや鈍く、言葉も流暢ではなかった。ただ彼女の料理は私の好みに合った。私は彼女を離れに住まわせた。

音楽が好きな私は終日、家中に古典音楽を響かせた。そして手当たり次第にオペラ、バレエ、コンサート、芝居へ出かけた。なるべく安いチケットを手に入れてどこにでもいつでも出かけた。それで全ての物語の筋や印象や記憶が濃い密度の中でごちゃ混ぜになってしまった。それは快い満足感になった。

日曜日の夕暮れ時に、大きな教会はパイプオルガンの演奏をする。ある雨の日、街外れの教会に私が一人だったことがある。私はその演奏に心打たれた。そして何故か急に自分が恥ずかしくなった。それは清涼剤のように全ての音響の中に残った。

春は街中に花々が咲き乱れる。どんな小さな公園でも必ず花壇があり様々な色が整えられている。落ち着いた芝生の中で薔薇とチューリップがその華やかさを競う。リラのそよぎが邸宅の壊れた石壁からのぞきながら香る。古い煉瓦塀を藤の花が這い登り、もの悲しげな紫を小さな乳房のように垂らす。薄紅と純白のマロニエは大きな葉陰で公園で憩う人びとを包む。そして桐の街路樹はまるで紫雲のような満開の花群れになって通りの両側をその果てまで連なっている。私の庭にはそれらの花が全部揃っていた。ただマロニエと桐は塀の外から我が庭を覗き込んでいたのだが。

私が特に愛でたのは牡丹である。私は壁を這う白い蔓薔薇以外をすべて取り除いた。今までの牡丹園は五倍の広さになった。私の日課のほとんどはこの牡丹園で費やされるようになった。一日に必ず一度はそれぞれの牡丹に手を触れた。雑草や虫の除去、根付きの整え、肥料と水に時間を忘れた。蕾から次第に開いていく過程を毎日見つめた。それは私の愛玩動物であった。

かのデゼッサントが巨大な亀を仕入れてきて、その甲羅に様々な悪戯をして悦にいっていたのを思い出さないではなかった。宝石を散りばめた日本式の花の図案を背中に刻まれた亀はすぐに死んでしまうのだった。

私は牡丹の美しさを表現する言葉を持たない。それを謳った詩も読んだことはない。私はすっかり魅入られてしまったが、それをどう消化して受け止めるかがわからず一時は気が滅入ってしまった。深紅には深紅の、純白には純白のその色合いが一輪ずつ違った。花弁の厚さはそれぞれで、薄く貧弱な花弁でさえそれぞれの歴史の豪華さを秘めていた。一本の茎がこの土から神秘を吸い上げて、深淵の果てからこの美しさを出現させる、その不思議さ。私は得体の知れない激しい欲求と、自虐のような哀しみさえ覚えた。そして私はある明け方、打ちひしがれたような気持ちのまま夢精をした。誇り高い美しいその花が一瞬脳裏を襲った時だった。

私は一日中牡丹の絵を描くようになった。眼で捉えたその美しさを私の内部に留めずに、神経を通して指先へ、指先から絵筆へと伝わらせた。下手な絵ではあったが、しばらくはそれで耐えることが出来た。私が真の芸術家であれば、花の精と私の精が融合して素晴らしい絵となって昇華することができるはずだった。だが私は力不足だった。私の愛情、愛情とまで言えるようになった気持ちは、その美しさを受け止めることが出来ず表現も出来ず、苛立つようになった。その苛立ちは一種の怒りとなって私に向けられた。

私は正直に書かねばならない。牡丹の精は私にとっては過去にもこれからも決して奪い取り我が物にすることの出来なかった、そして出来ない絶対の女性になった。大輪の一輪一輪は気高い盛装の女であり、あるいは全裸だった。そして一枚一枚の花弁は美しい女性の器官、耳であり口であり眼であり脚であった。それらは幾重にも重なり豊かな胸や腰になって薄絹のロブからはみ出していた。微かな風に花弁が散る時は、ふくよかな胸が揺れて濃厚な匂いが漂った。時折、一瞬でもそれが淫らに崩れようとすると、私は息を呑むほど動揺しそして悲しくなった。その女性の表情は畏怖の闇の向こうにあった。その闇に身を投げ出すには、私はあまりに無力だった。どれもが私を無視しながら、その魅力が私を捉え、打ちひしいでいるのを知っていた。そして微かに震える花弁はあくまで無意識のうちに私を誘惑し続け、そして私を拒否するのだ。限りない侮蔑を与えられても私はその魅力から逃れられない。欲望は増すばかりである。私は決してかなえられることのないその欲望に悩んだ。それは怒りとなって私を捉えるが、すぐに私は力を失い諦めの沼に沈み込んで行く。私はその絶望の淵からもはや這い上がれそうになかった。

私は家政婦を犯した。彼女の抵抗はなかった。私は決して彼女を弄ばなかった。陵辱とは言えない。いとおしさも湧いてはこなかった。私の対象は別のものだった。そして私は虚脱感と深い悲しみに打ち沈んだ。

悲しみは悔悟だった。悔悟は私に禁欲を科した。私は緊張した日々を送った。冷徹な心を持ちたいと思った。そして静かに花の美しさのみを味わうのだ。家政婦は最初の頃のようになんのわだかまりもないように振舞った。少しずつ増やしていった花株はついに百を越えた。初夏の陽を浴びて大輪の深紅と純白が庭中に溢れ、業火のように妖しげに揺れた。

だが私の禁欲は偽りであった。欲望をより激しくしようとする無意識の意識である。そこには決して叶えられることはないという絶望が待っているが、その悲しみがさらに欲望を激しく駆り立てる。貴族デゼッサントは蘭を愛するが、やがてその花が梅毒の化身になって彼を襲う幻覚に悩まされるようになる。その恐怖のほうがどれだけ安らかであるだろう。

禁欲は死の想念を喚起する。荒れ狂う欲情の渦の中に奇妙な静謐が顕われる。

夢の中でそれが牡丹の花であることがわかっているのだが、美しい老婆が私を官能の世界へ誘惑するのだ。老婆は死に瀕している。私はその誘惑に負けそこに吸い込まれ快感と安らぎに陥って行く。

私は禁欲を解いた。もはや何ものにも逆らわない決心をした。長い時間をかけて一輪を凝視しその匂いに酔った。それ以外に出来ることはなかった。私は決してその花を、高慢な女を得ることが出来なかった。私は耐えねばならなかった。私は自分の無力を悲しみ、自分へ怒りを向けた。その絶対の存在の前で。私は再び家政婦を犯した。彼女は淡々と私に身を委ねた。私はただ自身のおもむくままに行動するだけでよかった。

繰り返されるそれらの日々の中で私の体力は確実に落ちていった。次第に痩せて黒ずんでいく。その老残に、美への愛と陵辱が叶えられるはずがなかった。その諦めでもない居直りでもない思いは、一種の安心感になった。私は死を予感した。花に集中した果ての性の衝動だけが私の力であった。そして肉体に残る性欲の処理は死への安らかな遊行と感じられた。私は美に拒否され打ちのめされた死に向う一個の老醜であった。そして来るべき死は無に帰することであるから、私の意識も一切ない、悲しみも恐怖も苦しみも悔悟もないはずである。花の匂いだけが私の栄養でほかは受け付けなかった。花弁の熱が私の微熱になり、その振動が共鳴して私の脱力感を誘った。そして私は倒れた。

ある朝目覚めると真夏であった。陽は高く上り青空が突き抜けていた。私は庭へ出て愕然とした。庭は完全に廃園と化していた。百本の花茎が枯れたまま並び、腐った花弁が幾重にも地面を被っていた。むせ返る肥料の匂いが灼熱の太陽に熱せられて息が出来ないほどである。長い間寝込んでいたわけではない。ならば、あの私を魅惑し死へ誘う花の群れは幻覚であったのか。

補追

その後の記憶はあまりないが、私は帰国していた。

私は一枚だけ牡丹の絵を持ち帰って額縁に入れベッドの傍にかけておいた。ある時絵に奇妙な染みが滲み出てきたので額をはずして見た。画紙の裏にはあの家政婦の顔らしきものが浮き出ていた。私は妻を納骨している寺の住職に絵を見せた。住職は庭で念仏を唱えて焼きましょうと言った。私はその燃える絵の中から彼女がおき火のような瞳でじっと見つめてくるのではないかと恐れてすぐに辞した。一週間ほど経ってから住職に電話をしてみた。家人が出て彼は原因がわからないまま急死したとのことだった。何故か私は羨ましく思った。

帰郷　……　ニセアカシア

大学受験の一週間前に父が死んだ。炭鉱夫の彼は落盤の中心にいた。遺体は試験の前日に帰ってきた。棺の中にはかつて人間だったと思えないただの肉塊があった。私は試験に没頭するためにそれをすぐに忘れようとして、そして忘れた。

炭住の長屋に母を独り置いて私は都会へ出てきた。都会の生活は全てが初めてでどれも楽しく珍しく、私はその自由を十分に満喫することが出来た。また私は新しい学問にも魅了された。渇いた脳髄に真水が瞬く間に吸い込まれるような、まさにその快感と興奮を味わった。数式で表される異次元の世界に没頭すると、時間は日常を無視して疾駆した。私は部屋に帰っても数時間の勉強を自分に課していた。友人たちとの付き合いもあまりなかった。学者になろうとしていたのでもなく、また優秀な成績で就職を有利にしようというわけでもなかった。ただ私は自分の心の奥底に横たわる無意識の言葉を知っていたようにも思う。私は何かから逃げようとしていたのだろうか。

母が入院したのは私が家を出た次の冬だった。白い粉を頭から被って何日も暗い部屋にじっと座っていたとのことだった。入学したばかりの頃に何度か帰ったことはあったが、その後はほとんど記憶はなかった。病院の大部屋の藁マットに正座した母の表情は私を見ても少しも動かなかった。白濁した眼には何も映っていなかった。棺の中の醜い夫を見て叫びをあげた彼女はそれ以後何を見ることもなかったのだ。

やがて煙草と酒を覚え自堕落な友人といることに快さを覚えるようになった。夜の闇に立つ女たちも知った。そして迎える夜明けの恥ずかしさと頭痛の悔悟に身を苛まれると、私は部屋に閉じこもっていつもの数倍の勉強時間で自分を叱責した。太平洋戦争が終わってまだ二十年も経っていなかった。世の中は高度経済成長の道を歩んでいた。学生運動が激しくなる中、それに興味のない周りの友人はよく理由のわからないまま何人も自殺した。私もその誘惑に駆られないこともなかった。朝が明けきらぬうちに街の女の部屋を出る。寒い暗い道を一時間も歩いて下宿へ帰る。このまま堕落して死んでいくこともあるのだ。空しく滅んで消えていくことへの微かな憧れもないではなかった。

勉強にも疲れが出始めていた。学問の先が見えなかった。ただ単に単位を取るだけの作業になりつつあった。それに反して性欲は日々抑えがたく激しくなるばかりだった。私はそれに流されまいと禁欲を課し、いまは空しくなった物理演習問題に何時間も取り組んだ。だが数日経つと私は負けた。私は夢にうなされるようになった。死衣を纏った様々な人間が眼底を去来した。

貧乏学生の私には自由になる金はあまりなかった。アルバイトと奨学金と最後にあるのは売血だった。金を受け取る最初の頃の恥ずかしさはもうなかった。娼婦の部屋からの帰り道にも後ろめたさは無くなっていた。ふてぶてしく日々を送ることが必要だと自分に言い聞かせた。それは青年が強い大人になっていくという過程なのだ。しかし私は自分の心の奥底に引っ掛かっていること、それを無意識のうちに消し去ろうとして出来ないことを知っていた。諦めてそれに向き合うことは恐ろしくて出来なかった。しかしそれは無意識のうちに私を縛り付けていた。

底冷えのする炭住で他人が気づくまで何日もじっと座っていた母の狂気は、夫の無残な肉塊を見た悲嘆の極致だけなのだろうか。スピロヘータパリダム。脳裏の奥底から恐怖に満ちたその声が低く響く。そして静かに私を脅迫する。私の脳髄を侵す汚れた血。私は知らず知らずのうちに狂っていっているのではないか。狂っていく過程の脳の進行は学問の未知の切り口を見事に解明する。そして激しい性欲は肉体が無意味の存在のまま滅びていくことに喜びを覚えさせる。私は狂っていきつつあるのか。そうならば私は狂う前に死にたいと切に願った。

初夏のある日、私は一人の奇妙な女に会った。路面電車に乗ると正面にその女が座っていた。

私は目が離せなくなった。電車は公園のアカシアの並木にそって走っていた。歳は六十かあるいは七十を越えているかもしれない。白いレースの服を着て花飾りのついた大きな帽子を被っている。時折眼を上げながら本を読んでいる。小太りの顔は真っ白い化粧と塗られた真っ赤な口紅。その唇からは黄色い歯が覗いている。脂眼は血走っている。本をめくっている指の爪は真っ赤だがその周りは黒い垢で埋まっている。そして私の気を引いたのは、彼女がいかにも貴婦人らしく振舞うということだった。その脚の組み方はなんと挑発的だろう。彼女は私の視線に気づきながらそ知らぬ顔でしなやかに本をめくる。この上なく上品な微笑を本へ投げかける。そして匂いはまさに養鶏場の匂いだった。そしてその合間にはちゃんと香水が漂った。それは極上のものと私には思われた。私は自分が何を感じているのかわからなかった。彼女は狂人か。ただのグロテスク女なのか。私は彼女への欲望で息苦しさを覚えた。深い安らぎがゆっくりと全身を侵してくる。それは諦めのようにさらに快くなっていく。

一つの時代が過ぎたというべきなのか。得体の知れない青春の一時の夢が終わっただけなのか。とにかく成績のよかった私はN社に就職することになった。堕落の淵に片足を突っ込んだものの、私の気持ちは未来への明るさへ向かっていた。生まれた炭鉱の町から大学の都市、そして新たな都市へ私は渡っていくのだ。心機一転、新しい自分を切り開くことだ。街の片隅の暗闇に放出した私の欲情は、ただの饐えた匂いになってもう蒸発してしまっているだろう。多分ここにはもう帰ってこない。友人たちに会うこともないだろう。

夜行列車の出発は深夜だった。少しの感傷もあって私は時間つぶしに懐かしみながら街を歩いた。薄暗くなった公園にはだれもいなかった。すり鉢状になった池の斜面の草に寝転んで星のない空を眺めていると高揚してくる気持ちを抑えることは出来なかった。新しい世界、生活、友人や仕事。もうこの二十二年間になんの未練も覚えない。それどころか過去がこれほど厭わしいものだったとは。

養鶏場の匂いが香水に混じって漂ってきたのはすぐそのあとのことだった。あの奇妙な女がそばに座っていた。私を無視するように。私はそのあとの自分の行動がわからない。突然突き上げてきた衝動、それは欲情であったがそれだけでないのは確かである。私は彼女を犯した。そして首を絞めた。力を失った女の体はずるずると斜面を滑り落ちて澱んだ池に引きずりこまれていった。そして私は夜行列車に十分に間に合った。

規則正しい生活は私を蘇生させた。私は新しい世界にすぐ馴染み成長した。仕事の一つ一つが失敗しても成果として私の身についた。私は人造宝石の研究と生産のグループへ配属された。一八五六年にフランスのベルヌイによって開発されたそれは、しかしまだ完璧には確立されていなかった。三千度の炎から滴り落ちる熱塊は瞬く間に真紅のルビーとして誕生する。その奇跡に私は感動した。サファイヤやトルコ石も奇跡の中から生まれた。寄せ集めの宝石の屑や様々な鉱物からも美しい光は再生された。やがてそれらは宝飾品としての本来の光のほかに妖しげなレーザー光線も生んだ。ＩＴ革命と新しい通信世界の幕開けであった。私は新しい分野に突き進んだ。次々に半導体レーザーが開発され、その光線が世界中を瞬時に駆け巡る時はそこまで来ていた。効率のいい石英の光ファイバーの開発が必至であった。私は研究に没頭した。時間はいくらあっても足りなかった。夢に見るのは誰かの詩にあった「虚空の中を石英の粉末が限りなく降ってくる…」情景であり、光は「われを恍惚たらしめて、狂わむばかりに限りなく…」「様々な色の光線が曲がりくねって闇の中を果てしなく走る…」幻想であった。

結婚して子供も出来た。妻は病弱なその子を溺愛した。家庭を顧みない私はすぐに妻とは疎遠になった。研究のために度々渡米した。仕事に没頭しながらも私は肌の色の違う女たちを抱いた。そのどれかの滞在中に母が死んだが、もうそれはすぐに過去のものとなった。

膨大な時間が流れていったというべきなのだろうか。たったの三十数年というべきなのだろうか。次々に出現してくる新しい光の現象はつい最近のものでもすぐに過去のものとして捨て去られていく。新しい発見の前には過去のいかなる苦労も成果も時間も意味をなさない。そして年毎に疾駆する光の変貌はその速度を増す。膨張する大容量の情報も小さな一片の発見の前で霧消する。私の頭脳と体力と年齢はだんだんそれらから取り残されつつあった。若い後輩たちが私を無視して、未知の不可能をなんの努力もなしに簡単に切り開いていった。半導体は今や一秒間に十数億回のレーザー光線を点滅させた。数十個並んだそれらは回折格子のわずかな傾きで無限大の波長の光を生む。膨大な映像や現象が瞬時に地球上を走る。

私が定年を迎え、その仕事を全て捨てる決心をしたのはごく普通のことだった。妻は行き先を言わず黙って去っていった。退職金とどれほどかの貯金は惜しくもなかった。私には古屋と年金だけが残った。郷里へ帰る決心をするのにも何の躊躇もなかった。今の自分にとって郷里は学生生活を送った都市だった。

私は友人の小さな会社に身を置いた。医療器械を売るその会社は典型的な中小企業で、友人は気のいい何の危機感もない二代目社長だった。古い会計システムを導入したばかりでそれが自慢の一つだった。社員を大事にはしていたが公私の区別はなかった。いずれこの会社が消滅していくことは間違いなかった。何の欲もない私にはどうでもいいことだった。あと十年くらいはこの調子で過ぎていくだろう。かつてのように疾駆した夢のような時間は今やゆっくりとした流れに変わり、そのエーテルのような流れの中を私は漂うばかりだった。最新式の医療器械ということで、懐かしいレーザー光線の器械もあった。それが痛みの治療や、ホクロや痣を取ったり体毛剃りに使われているのが面白かった。
器械の修理や若い社員への勉強に付き合って一日が終わった。

それは初夏とは言いながら梅雨の合間の蒸し暑い午後であった。昔の路面電車の線路跡は道路になり車がひっきりなしに走っていた。公園はなくなりその後に県庁の建物が移転し、巨大な建物が出現していた。アカシアの並木は数本だけが残り、辺りに腐臭のような甘い香りを漂わせていた。私の心はえもいわれぬ幸福感に満ちていた。季節をもう過ぎたのか、思い出したようにアカシアの花びらが二、三枚散って私の肩にかかった。あの池はどの辺りだったろうか。私の全身が痺れて全く力を失ったのはその瞬間だった。これは白日夢か。これからはどのような衝撃が襲ってきても私は何も感じないだろう。アカシアの花がいきなり降りしきってきた。養鶏場の女がそこに私を無視して立っていたのだ。すっかり忘れていた容姿が闇の中から鮮明に蘇ってきた。全く同じ女だった。私の人生は何だったのか。長かったのか、短かったのか。何をしてきたのか。

髑髏と蝶

……桜

その寺は私の住む町から汽車で一時間、バスでさらに二十分ほどのところにあった。千年の巨大な桜の古木があり、また数百本の桜の木々が大小の池を囲んでいる。満開の頃になると、それらがライトアップされ暗い池に反映される様は、何ものにも代えがたいという評判だった。私は単にその美しさに魅かれて訪ねてみようと思っただけでなく、少し大げさに言えば、運命的なものがあったような気がする。

確かに暗黒の池に映る満開の桜の豊かさはその深淵にどこまでも沈んでいき、見上げると漆黒の空をわずかに残して薔薇色の大雪が一斉に降ってくるような美しさだった。鮮やかな桜花が周りの闇を際立たせているのか、暗黒が桜花をさらに妖艶に燃え上がらせているのか。

かくなる様は、人間の情念の嵐の激しさを、怒りであれ悲しみであれ屈辱であれ怨みであれ、それぞれの人間の抱えている想いを表現してくれているようである。荒々しく深く、また限りなく優しく見るものの想いがそのままその美しさになって吸収されはね返ってくる。まさに数百本の桜花は真の黒色と天上の錦絵を織りなしながら、また未知の深淵に沈んでいくと同時に激流となって見る者に襲いかかる。人はその宿命に打ち倒されてもはや立ち上がれなくなる。諦めとも満足とも言えぬままただ蹲るだけだ。

私は人々の群れにいたが、他人をまったく感じることはなかった。巨大な美の嵐の空間でありながら、すべては静止し無音だった。

そこで一人の西洋人女性と出会うのは私にとっては偶然ではなく必然だった。大人になり切っていない彼女の表情が、単に桜の美しさに見とれているというだけではなく、少女らしさのわりには厳しいしっかりしたものだったのが私の気を惹いた。それが内に秘めた怒りだったのか、悲しみに耐えようとした苦しみだったのか、その時はまだ私にはわからなかった。

私はフランス語でその横顔へ話しかけた。うなじの薄い毛がライトに映えてそこに花びらが掛かったように思う。私を怪しむことなく彼女はこちらを向いた。痩せて背が高く、首の長い小顔は美しかった。眼は濃い瑠璃色に光っていた。

何を喋ったかは覚えていない。私たちは傍に寄って、あとは何も語らず神秘の世界を見ていた。閉門になりライトが消えるまでどのくらいの時間が経ったか記憶にない。

夜汽車では彼女は私の肩に頭を落としてすぐに眠りに落ちた。周りの客は不思議に思いながら素知らぬ顔をしていた。若い綺麗な西洋女性と私の組み合わせが奇妙だったのだろう。私は決して男前でもなく、ただの薄汚れた七十七歳の老人だった。

私たちは街のカフェで時々会うようになった。そのカフェは「獏」という名前だった。裏町の雑居ビルの細い階段を上がった屋根裏部屋のような店だった。昼間から酒が飲めた。若い芸術家たちがたむろしている。獏は夢を食べるという動物らしいが、若者たちにとっては獏が食べた夢が蓄積された場所ということになるだろうが、私にとっては過去の夢もこれからの夢も食べられてしまって何もない空間というべきだった。煤けた木の壁と天井の粗末なつくりだったが、優しい空気の香りがした。板のテーブルと古い木椅子が無造作に並べてある。別室に小さな画廊があっていつも無名の芸術家の個展があっていた。静かな微笑みで客を迎えてくれる小柄な品のいい老夫婦が経営者だった。

彼女の名前は、エリナ・ドゥ・ブロイ・キノシテールと言った。ドゥと付くのは貴族の家系ということだが、それが本名だったかどうかわからない。その服にも指先にもちょっとでも手を触れるのが畏れ多いと思わせるような立ち居振る舞いには威厳と気品があった。そして全くその境遇については語らなかったし、私も聞かなかった。

私たちは特に喋ることは少なかったが、彼女は私の傍かここにいるだけで嬉しかったようだ。ただぼんやりと積み重ねられた雑誌や本をめくったりした。お客の出版した詩集や写真集や画集が積み重ねられている。

とくに気に入っていたのは日本女性の入れ墨の画集だった。写実画か実写なのか区別がつかなかったが、実に美しかった。白い背中いっぱいの絢爛豪華な桜花を彼女は長い時間見詰めていた。背中から腰の窪みから臀部を経て太腿の裏側に至るまで咲き誇った桜は、一輪一輪が雌蕊に至るまで精密に描かれている。また次のページを開けると紅白の大輪の牡丹に息を飲まされる。巨眼の龍と獰猛な虎の運命づけられた闘いからは悲痛な咆哮が聞こえた。そして慈愛に満ちた色鮮やかな観音像を長く見つめて涙を浮かべていることもあった。

会う日々が続くにつれて私は彼女の美しさに魅入られたが、意識せず素知らぬ顔で通り過ぎるように気にしないように努めた。

簡単な食事をしたりビールやワインも飲んだ。決して良質でもないここのワインが好きだといって、いかにもおいしそうに飲んだ。時々顔見知りの写真家が二人を撮ってくれたりした。ここでは私たちのような奇妙な組み合わせは少しも不自然ではなかった。

滅多に使われていない古いピアノがあった。彼女が弾いてくれたある時の音楽が忘れられない。ショパンのノクターン二十番とシューベルトのソナタ二十一番。その美しさに私は涙をこらえるのに必死だった。それからはもう聴きたくなかった。あまりにたくさんの想いが蘇ったからだ。この歳になって今の生活になってその感激に浸ることは耐えがたい。何の必要、意味があるだろう。

日本語のたどたどしい彼女に言葉を教えるのがちょうどいい時間潰しになった。その必要を彼女はあまり感じていないようだったが、二人で過ごすのにはいい方法だった。私は絵本を買ってきてそれを日本語で読みながらフランス語にして聞かせた。例えば、鶴の恩返しとか、竹取物語とか。特に絵の綺麗な本を喜んだ。ページいっぱいの花咲か爺さんの桜には二人とも出会いを思い出して嬉しかった。

遅くなる前に彼女を送っていくようになった。生臭い魚市場のそばの貧しい木造アパートだった。鉄の階段を昇って部屋に消えるまで私は見送った。そこまでで私は部屋の中などを想像することはしなかった。二十年、三十年前だったら間違いなく恋に落ちただろうと思うだけで私は満足だった。船溜まりから吹いてくる風に裸の街灯が揺れるのを見ながら、それでも侘しい気持ちは消えなかった。


梅雨の季節になっていた。しばらく彼女は姿を見せなかった。雨に打たれながら私は何度も獏とアパートを往復したりした。部屋を訪ねて安否を確かめてみることは気が引けてできなかった。その時に嫌な表情を見せられたらどうしようという思いだった。

三週間ほど経って彼女が現れた時、思わず顔がほころびそうになったがやっとのことでそれを抑えた。彼女は相当にやつれていた。乱れた金髪を後ろで束ねたまま首に巻いている。最初に会った時の厳しい悲しみの表情がさらに強くなっていた。何かを決心したような、そして居直りながらもう何があってもこの決心は変えないという、拒否の激しさが出ていた。それは美しかった。

今までの人生で見てきたあるゆる芸術品の美しさなど、この時の私の感動とは比べようにならない。私は彼女を抱きしめたかったが出来なかった。その気持ちを抑えることは、私のただ長いだけの貧しい人生への復讐のように思われた。何故私に、我が人生への復讐などという言葉が想起されたかわからない。やがて人生を終えようとしている私にはそれが唯一の意志に思われた。

またその美しさを壊してはならなかった。私は彼女が持っている今の意志をすべて叶えてやろうと決心するのに時間はかからなかった。

その日初めて私は彼女の部屋に招待された。安っぽい六畳の一間だった。畳はところどころ擦り切れている。整理されたというより家具の少ない部屋だった。桜の一枝が挿してあったがそれは造花なのになぜか匂った。薄い萎れたカーテンの間から海が少しだけ見えた。海に降る雨が何かに照らされて光っている。薄暗い裸電球の下で私は彼女の話を聞いた。寒かった。そして彼女の思うとおりにすべてを遂行することにした。私には思い残すことはなかった。

まず彼女は国許から来たと思われる封書を私に見せた。私は読む気にはなれなかった。当然嫌なことが書かれているに違いなかった。ただ封書の裏面に印刷された四センチ角の奇妙な図柄が気になった。四等分された地模様は赤と緑で縁が金色に囲まれている。真ん中に暗い銀色の兜らしきものがあり、角のような二本の小さな旗が立っている。兜は見ようによっては髑髏のように見える。これは何かと問うと、ドゥ・ブロイ家の家紋なの、と彼女は答えた。

私は二年前の春に結婚したの。夫はクリストフ・ドゥ・ブロイといって、先祖はフランス北部の名門の旧家で貴族だった。私たちはこれ以上ない位愛し合っていた。結婚式はパリ郊外の公園を借り切って朝まで沢山の友人を招いて騒いだわ、松明を掲げて。そこに一本だけ桜の木があった。花びらはこちらとちょっと違うけれど、松明に照らされて雪のように散っていた。

私は幸せだった。けれど一つだけ気になることがあった。義母、彼の母は私をあまり好きではなかった。私は早くに父を亡くし、母は田舎のひとり暮らしを好んで滅多に都会に出てこなかった。私の祖先は貧乏貴族の端くれで、お人好しの父はその称号を他人に売ってしまっていた。

義母は私を美しいと口では褒めながら、内心では私の貧乏な家系を馬鹿にしていた。義父は大人しい人だったけど、いつも妻の言いなりで自分の家系と名誉を一番大切にしていた。それを守ることと家族の醜聞などはどれだけの代償を払っても避けるということが彼の人生のすべてだった。小柄だったので尊厳を持たせようと胸を反り繰り返して歩いていた。

　義母の友人の娘さん、Mさんも名門の家筋だったのでクリストフの幼馴染で花嫁候補一番だった。でも彼は私を選んだの。両親の反対を押し切った彼を友人たちは祝福してくれた。義母はますます私を嫌った。でも私は幸せだった。彼は君のためなら命はいつでも捧げると言ってくれた。私も同じ気持ちだった。彼のためなら何の躊躇もなかった。早く子供が欲しかったけれどできなかった。

　でも一年ほど経った時彼は私を裏切った。ある夜会の後、彼は帰ってこなかった。夏の暑い夜だったのに、体が冷えて一晩中私は眠れなかった。夜会の後の義母の私を見る目つきが気になって仕方がなかった。私への嘲笑を抑えたような、そして少しくらい外に出しても面白いという風な、変な薄ら笑いに見えた。思いたくなかったが、Mの顔が浮かんだ。夜会の帰りに夫を探してうろたえている私を見て、義父はこんなことはよくあることさ、とでも言わんばかりだった。私は泣くことも忘れていた。

　翌朝私はクリストフが戻る前に家を出て母の元へ帰った。母は優しくそれがかえって私の悲しみを深くした。母は鶏を飼ったり野菜や花を植えては静かに暮らしていた。元貴族の称号など泡のようにとうの昔に記憶から消えていた。私は母とずっとこの暮らしを続けていくのだと決心した。

クリストフは毎日詫びの手紙を送ってきた。どうしようもない状況だった、何も覚えていない、一度だけのことだ、許してくれ。その繰り返しだった。当然私は返事をしなかった。二十日ほど経った時、彼が迎えに使いを寄越すと言ってきた。

その前日私は母の家を出て、ノルマンディーの漁村の友人の家にかくまってもらった。彼にここはわからないはずだった。それでも正直なところ私には迎えにきてほしいという気持ちがほんの少しはあった。三カ月経った頃彼はここを見つけた。しばらく手紙が続いたがそれも止まった。いきなり彼が訪ねてくるだろうということがわかった。私はその時どう隠れるかばかりを考えていた。

その時がやってきた。彼の車が見えた時私は準備していた通りに地下室へ隠れた。地下室の羽目板を外してもう一つ下に隠れる場所を作っていたの、友人にも内緒で。友人と彼が家中を探しているのが聞こえた。地下室にも降りてきたけどその下まではわからなかった。何度も繰り返し探す足音が次第に苛立ってきていた。かつて私が愛した懐かしい足音だった。地下室の下は砂だった。そこに何日も私は横になっていた。砂は柔らかく優しかった。私はまだ彼を愛していた。でも戻る気はなかった。砂は涙をすぐに吸収してくれたがいつまでも乾かなかった。私はフランスを捨てる決心をした。行先に日本を選んだ理由はない。誰も、そして彼も日本に隠れているとは思わないだろうというぐらいしか理由はないの。

貴方と会ったあのお寺の桜を見ていた時、私は彼のことをずっと考えていた。この桜の美しい深さは、私の悲しみと怒りを、彼への愛をすべて吸収してくれて、耐えがたい苦しさになって私を包んでしまう。だけどこの桜の美しい陰翳を彼に見せてあげたい。恨みながら逃げている間に彼への愛はさらに深まった気がする。それだけに、それだけに、決して許さない。彼がどこまで後悔しても苦しんでも、私の愛が深いだけ許さない。

もう最後だわ、とうとうここも突き止められてしまった。追い詰められたという感じだわ。

彼から手紙が来た。私を愛していると何度も書いてあった。君が日本にいたいなら自分もすべてを捨てて日本に住む。いまさら旧貴族の称号や資産など何の価値もない。それでも君が拒否するならどこかで野垂れ死にする方がましだ。

私は不思議な感情に翻弄されていた。彼への想いが蘇ってきて次第に強くなるにしたがって、彼を許さないという気持ちがさらに強まってくるの。復讐するというのはこんな気持ちかしら。私の愛の深さを感じさせるために、彼の罪の深さを思い知らせるために彼を苦しめたい、彼を破滅させたいとまで思った。

私を決心させたのはすぐ後に来た義母の手紙だった。優しい言葉で私の帰郷を促していた。やや大げさな表現は、意に沿わず無理やりに書いたのが字面ですぐに読めた。名誉ある家系を汚さずに、クリストフを守ってください。将来はきっと幸せが待っている。昨年M嬢は亡くなった、と結んであった。私には彼らへの侮蔑と憎しみしか残らなかった。私はもう決めたの、変えない。

これが彼の家の家紋なの。家紋の背景の赤と緑の旗は長い伝統の貴族を表しているらしい。真ん中に描かれている兜は昔は髑髏だったそうよ。それは永遠を象徴していて、勇猛な先祖の神話になっているの。髑髏の上の二本の小さな旗は昔は蝶々だった。平和を象徴しているのかしら。

私の背中いっぱいに桜の入れ墨をしてちょうだい。あの時のようなとっても美しい桜の入れ墨。その真ん中にこの家紋を彫って頂戴。

貴方も入れ墨をするのよ。貴方は髑髏と蝶々。二人で裸になって死にましょう。ちょうど一週間あとに彼が来るわ。その時に彼が見るのは、彼の家紋を入れた醜い老人の貴方と、背中の入れ墨の桜と家紋の私。腐乱していく二つの死体が背負った汚された家紋。

柳川……椿

そこは歴史にも残らないほどの忘れられた小さな城下町である。張り巡らされた運河沿いに古い屋敷がひっそりと佇んで、所々の橋も半分は腐ってまさに滅びていく町であった。黒壁が水に映ってさらにあたりを暗くしている。運河の岸には手入れをされていない四季ごとの花々が、水中の壁の黒を背景に毒々しく咲く。そして苔むした屋敷はどれも時折の何かのはずみの水音にさえ反応して少しずつ崩れ落ちていくようでもあった。

私はその朽ちていこうとしている屋敷の一つに生まれた。しかし記憶には、悪臭を放つ黒く澱んだ水と、我が家の暗い廊下の闇と、その闇の奥で蒲団にくるまって涙目でじっと私を見つめている弱々しい母しかない。

不治の病を宣告された私はある春の日そこを訪れた。五十年にわたる放蕩放埒な日々を経ての初めてのことだった。暖かい日であった。その光の中に、私ははっきりと自分の死を予感した。そして倦怠の静かな時間のうちの、できるだけ早い自分の死を願った。春の光は優しく残酷に腐っていこうとしている私の肉体に滲みこんでいた。雑木林の掘割の黒い水には落ちた椿がまだ色を失わないまま流されずに留まっている。その先に昔の屋敷はなく、小さな家々が明るい色で連なっている。運河の水も住宅地では透き通って、庭は精一杯の花を運河の光のほうへ向けている。誰にも会わず物音もしない。まるで死滅したような春の光だけがあたりに漂っている。何かの花の香りにつられて方向を失うのに時間はかからない。迷路のような小道をゆっくり歩きながら私の意識の半分は睡魔の虜になっていた。

ふと私は明るい空き地に出た。あたりを被う枯れ草の先に完全には崩れ落ちてはいないが、原型をもはや留めていないレンガの家壁があった。それは五十年前の教会であった。だれも教会の廃墟であるとは思わないであろうが、私にはすぐわかった。なぜなら私はそれを探しにきたのだから。春の日は落ちかかって柔らかい気だるさを漂わせている。雑草の間に落ちた割れたステンドグラスの欠片が甘美な光をきらめかせ、私は頽廃の日々への郷愁にふと胸を衝かれる。暖かいレンガの日溜りに冬眠からやっと覚めたような薄い色の蛇が横たわっている。

この教会で若い牧師と未亡人となった母が無理心中をしたのは五十年前の事であった。第二次大戦が終ったばかりだった。その夫は肺を病んで若くして死んだ。牧師は戦中の獄で拷問に耐えた若者だった。どちらが仕掛けたのかはわからない。床と壁に血飛沫が激しく飛んだ。そしてその教会は崩壊するがままにされていた。

図書館……カンナ

千年におよぶ帝国が崩壊した時、残ったのは広い王宮と巨大な図書館だった。王族のいない王宮はすぐに観光客で溢れたが、図書館はしばらくは放っておかれた。五階にも匹敵するドーム状の建物の内部は幾重にもなった回廊が連なり、それぞれは階段でつながっており、壁にもその階段の手すりにも取り付けられた書棚には本がぎっしり詰め込まれていた。帝国内で出版されたものや辺境の領土を占領する度に増えた蔵書だった。ある官吏が思い立って数を調べようと試みた。土木測量技師が装置を使って体積から割り出す方法で数カ月を要し五百万冊と推定されたが、数にはなんの意味もなかった。そしてまた何年もそれは閉じられたままだった。

数年が過ぎて市長になったある若者が興味を持ってそこへ入った。何冊か手に取った彼は驚いた。長年圧迫されて詰め込まれたままだったある本は手に触れるとそのまま埃となって飛んで消えた。また皮革の表紙のものは腐れて異様な臭いを発した。彩色の図鑑は長い年月、空気に触れていなかったせいか鮮やかさを失っていなかったが、頁を捲ろうにも出来なかった。一枚になってしまった頁には奇異な動物や植物が生まれていた。人体図録ではこの世のものではない奇妙な人間が生成されていた。それは恐怖を覚えさせるほど醜いものだった。歴史書には噂でも神話でも聞いたことがない惨い殺戮が語られていた。

市長はそれを整理する決心をした。回廊と階段毎に番地をつけ、五百項目にわたる分類項目をつくった。一人の年寄りの男が任命されコンピューターに打ち込む仕事を与えられた。彼は五か国語が読めた。しかし一日に五冊しか整理できなかった。一年間で千五百冊を何年か続けて彼は定年で仕事を辞めた。次はエリートの一人が任命された。何年か後に彼は発狂した。日ごとの仕事にナイフとフォークを持って現れた。あまりに美しい夢のような果実が生成された古本を彼は食べていた。次は退職した男であったので仕事はあまり進まなかった。

四人目は意欲的な男で希望して職についた。しかし数年後に彼は行方不明になった。白昼の仕事場から忽然と消えた。蔵書に埋もれて死んだと思われたが捜しても見つからなかった。本の中の見知らぬ海か山かどこかの世界へ吸い込まれていったと人は噂した。

五人目は長い間順番が回ってくるのを待っていた私である。市長はもはやこの仕事に興味を持ってはいなかったので勝手に仕事をすることが出来た。私は熱心にその職をこなした。仕事を通じて、本の好きな私は膨大な蔵書を所有できるような気がしたし、毎日変わった本を眼にすることは得も言われぬ喜び、快感であった。そして密かに感じていることもあった。それは暗い情熱になって私を虜にした。この五百万冊の本が一気に燃え上がる光景がある時ふと浮かぶとそれはもう消えようとはしなくなったのだ。最初の一冊が燃える様は地獄の火のように妖しく美しい。それはやがて、この滅んだ帝都の空を巨大なカンナのような炎になって真っ赤に荒れ狂い、人間をあざ笑う黒々とした煙がこの世を覆う。最初は単なる夢想であった映像はだんだん強く私を捉えるようになり、机に向った私は脂汗を滲ませながら、金縛りにあったようにじっと耐えていなければならなかった。しかしいつまで私は耐えていけるだろう。

器械屋の憂鬱……泥の花

私は祖父の代から続く医療器械の販売会社を経営していた。私が死んだ父の跡を継いで社長になったのはまだバブルが始まる前だったから、私の若さを誰も問題にはしなかった。プライドの高い医者を相手に商売をするのは楽だったし、少々お金にずぼらでもお互いが結構儲かる時代であった。日々は単調に流れていったし暇をつぶすというよりぼんやりしていてふと気がつくと長い時間がいつの間にか流れ、一日が終わっているということで何年も過ごしたことだった。医者も、医療よりも金儲けを重視した部類の人たちは、まず土地に、次には株、女と次々に投資していた。しかしバブルがはじけ威勢の良かった医院も片っ端から潰れる時代がいきなり訪れてきた。当然私の会社も不良債権を抱え経営は一瞬にして苦しくなった。また何の新しい施策も打たず、最新式の医療器械の勉強もしていない私の会社は新興の会社に瞬く間に市場を取られてしまうことになった。冷たい銀行の貸しはがしにも対応することが出来ず、社員も一人減り二人減り、社屋も取られとうとう残ったのは郊外にある大きな倉庫と長い間私に番犬のように仕えてくれた忠実な一人の社員だけになった。またこの数年の間のドタバタの日々に私は二歳の子供を亡くし、いつの間にかいなくなった妻のことも記憶に残らないほどに変わってしまった人生を送るようになっていた。

　一人残ったKという社員は私に影のようにいつもついてきてくれたし、けっこう頭もいい人間だった。彼は方々の病院医院から使い古しの医療器械を集めてくるようになった。倉庫は広かったのでタダ同然で引き取ってきた器械を保管するには十分だった。廃棄する器械を洗浄する者は我々以外に誰もいない。血液や肉片や体毛のついたままのものも多かった。彼と私と二人でそれをきれいに洗浄するのが日課になった。流れていく古い血液は時には赤い花の色になって泥の中に消えていった。

　私たちはそれに油を差し、使えるようにして販売することを仕事にするようになった。経営の楽ではない医院相手に器械はよく売れた。私は食うに困らない程度の仕事しかする気はなかったが、忙しくなるばかりだった。そして意に反して小金も溜まるようになっていった。倉庫の中は異様な匂いが充満した。私とKの風貌も異常なばかりに変わっていたに違いない。しかし気にすることは何もなかった。

　ただ私の人生はなぜこうも二転三転するのだろう。ある朝倉庫へ行くと高い天井から奇妙なものがぶら下っているのに気付いた。それは首を括ったKだった。理由はわからない。人間の肉体に刺しこまれたり切ったり引きちぎったりする金属に毒されたのか、洗い流された様々な人間の肉の組織の呪いなのか。彼は気が狂ったに違いない。

それで私はこの仕事から手を引くことにした。さりとてすることもない。生活に困ることもない。憂鬱な日々が始まった。これがふた昔だったら早速阿片窟にでもでかけ至福の悠久の時間に浸り、悔いのない死を迎えることが出来るはずだった。本でも読むことにするか。それである時私はこの詩句に出会うことになった。

今いる場所でないところへ行けば、いつも幸福になれる気がする。……、どこでもかまわぬ、どこでもかまわぬ。この世の外でありさえすれば*

私の人生は四転することになった。ある年の晩春、私はついに異国の地に立った。そこは東洋と西洋の混じった小さな島で、宝石の売買で栄え賭博と娼窟と阿片窟が公認されている所であった。その頃私は小金どころかまあまあの金を持っていた。沢山の社員を抱え会社を経営しネクタイを締めていた数年前となんという変わりようだと考えると可笑しいというより実に爽快な気持ちだった。その高揚した気持ちのためだったか、私が酒や女よりもまず最初に足を踏み入れたのは賭博場だった。いつか小説で読んだ男の話を思い出したためだった。すべてを投げ打って勝負する賭博の魅力とは。今の私には関係のない話ではあるがふとその気になっただけである。

確かにスリルはあったし勝てば楽しいことであった。ただ大金を一発で失うことは勿体ないことであった。私は心安らかな時間を楽しんだ。

ふと明日の朝目覚めて今日は何かいいことがありそうだと思う自分を想像したりした。何年ぶりかの酒も手にした。香水と煙草の匂いが快い。いよいよ安住の阿片の世界に降りていくか。その時だった。ふと正面を見るとKがいたのだ。なぜか私は驚きよりも自然に彼を見た。彼も特別に変わった表情を見せずにしきりに視線をある数字に向けて私に合図をするのだった。思わず私はその数字に手持ちのチップを全て賭けてしまった。私の誕生日の十四、彼が首を括ったのも十四日だった。チップから手を離し眼を向けると、彼は昔景気が良かった頃に大きな商談を纏めた時よく私に見せたことのあるウインクをしたのだった。ルーレットが回り始めた。そして出た数字は十四だった。

わっと歓声があがる。しかしそこに彼の姿はなかった。私は周りに祝儀を払い換金して外へ出た。たかが三十六倍であるが、それなりの金額になったが金額よりも気分はいい。Kはどこに行ったのか。あの大きなガランドウにぶら下っていたのは本当にKだったのか。幽霊か。しかし私には恐怖はなかったし、幸福な気持ちだった。大げさではあるがこれで安心して心おきなく死んでいけるとさえ感じられた。

海岸通りは美しい夜であった。この島から大陸へ架かっている一本の長い橋には無数の無彩色のライトが連なり、またそれが海面に映えていた。対岸は色とりどりのネオンがきらめき怪しげな歓楽の夜の様を見せていた。海からのそよ風がこの上なく心地よい。それが一瞬首筋をさっと撫でて通り過ぎたとき、私は幸福感のため思わずこみ上げてくる涙を抑えきれなくなった。まだ少年の頃の記憶が蘇ってきたのだった。それは生暖かい早春の記憶に過ぎなかったが、その時はこれからの人生でこれ以上の快さと幸福感を味わうことはないであろうと思うほど感動したのだった。それ以来忘れていたものだった。

私はそこに何時間佇んでいたことだろう。周りの男女の嬌声や音楽がいつの間にか消え人通りも少なくなってきた。私はすべてに満足しきっていた。人生にまったく悔いがない時間を持つことが出来るなどと私ほど恵まれた人間はいないであろう。この時私は女も酒もまだ経験したことがなく、阿片にも興味をそそられなかった。もっと激しく強力な稲妻のように襲ってくる刺激か、一瞬の破壊しか私には思いつかなかった。この穏やかな甘い海の香りの、生暖かい優しい風に身を任せている時にこそ望むことだった。

あたりには全く人影もなくなった。近くの建物の灯も消えつつあった。灯りが少なくなると岸に寄せる波の音が微かに感じられるようになる。すると二、三人の男の足音と吐息が闇の先から近づいてくるのがわかる。それが今から破壊する凶暴さを秘めているのを感じるにはほんの一瞬あればいい。私はぞっとする恐怖に見舞われるが、それが身を貫く快感へ昇華していくに違いないという期待感に変わる。私は思わず彼らの方へ身を預けるように近寄った。至福の時をゆっくり味わうために。

＊はボードレール「パリの憂鬱」の一節　著者訳

蟬しぐれ

……睡蓮

ある夏の朝、私は蟬しぐれに誘われるように山里の見知らぬ寺に来ていた。昼間の灼熱にはまだ早い時間ではあったので蟬の声は心なし弱く爽やかだった。ふと見ると、正面の横の半地下になっているところに大きな木の扉がある。普通はそんなものはない。

「どうぞお入りください、真の闇を経験してください」と書いてある。

興味と悪戯心と少しの畏れで扉を押してみた。中を覗くと、微かな光がさっと射し込んだが、奥の暗さに押し戻されて先までは見えない。もう少しと思って覗きこもうとした時、体がするりと内側へ滑り込んでしまった。いつの間にか扉が閉まった。ごく自然だったので驚きは少なかったが。

これが真の闇ということなのだろうか。ひんやりしている。何も見えない。左の指を目の近くに持っていっても何も見えない。当然なことだが不思議な感覚だ。右手がかろうじて冷たい岩の壁に触れていたので体を支えることは出来ていた。しかし手をずらして今閉まったばかりの戸を探したがあるはずのところにそれはない。

恐怖が一瞬背中の奥から湧き上ってこようとしたが、私は意識してそれを抑えた。夢を見ているのでないし、現実には変なことが起こるわけはない。落ち着いて出口を探せばよいだけのことだ。

日ごろから私はこのような状況を想像することが多々あった。政争に敗れた中世イタリアの政治家ウゴリーニが闇の塔に子供と孫とともに幽閉されて、絶望と飢餓のために子の肉を食った話とか、アッシャー家の娘が生きたまま棺桶に閉じ込められて焼かれる話とか、私は興味以上に真実味を感じていた。自分がその状況にいたらどうするか、物理的にも精神的にも救われる見込みのない閉塞状態、若いころは真剣に考えたこともあった。恐ろしいことだ。しかし歳とともに私は結論に近づいた。即時に絶望の深い淵に沈んでしまうことだ。意識して諦め静かに死を待つべきだ。不可能な脱出の希望など持ってはならぬ。希求が激しければそれだけ苦しみと発狂が待っているだけだ。

今がその時なのか。いやこれは単なる寺の坊主の冗談か、つまらぬ説教の一環だろう。どこかに出口があるはずだ。幸いに壁の感触だけは確かだ。それをずっと辿ればよい。

その時、壁の感覚が突然消えた。同時に床の冷たさも消えた。前後左右がわからなくなった。

上下さえわからない。体が浮遊しているようだ。何かを忘れたような気持ちだったが、軽やかな気分になった。何か大切なもの、それは、と考えたが思い出せない。柔らかな春の光に包まれて睡魔と戯れている気分でもある。私は睡蓮になって水面に浮いている。めまいの快感にも酔っている。絶望へ沈んでいく約束はどうなったのか。静かである。脱出とか何か望みはあるか、ない。この安らかさがいつまでも続くことを願っているが、時間の感覚はすでにない。これがすべてから解き放たれた自由というものなのか。あるいはすでに私は死の淵に沈んでしまっているのではないか。私はなるがままに任せることにした。

ただそれだけの話である。やっと私は木の重い扉を見つけることが出来た。焦ってはいなかった。出口を探し当てるには苦労したであろうが、記憶にはない。

昼間の暑さの名残はあったが、外の光には夕方の涼しさが感じられた。何時間ここにいたのか。その数時間はまったく闇の空白だ。氷水の冷たい恐怖がその瞬間背中を撫でていった。私はそれを意識しないようにしたが、汗がいきなり噴き出してきた。力が急に抜け、立っているのがやっとだった。入日が山の稜線をやさしく浮かびあがらせている。最後の雄叫びであろうか蟬しぐれが激しい。

ある弁護士の手記

……ヒットラーの白い花

「二」

今までいろんな事件を手がけてきて心に残ることが多かったが、最近は児童虐待や幼児殺しが報道されるたびに、とくに心が痛むようになった。世の流れでそれらの事件が増えてきたのか、あるいは私の歳のせいで感情がもろくなってきたのかもしれない。

最初は加害者への怒りが起こり、幼児である被害者への同情、そして加害者の心理分析、幼児体験で話は収まる。罪を償っても何も変わらない。日々は怒濤のように押し流されていく。人々は忘れ、次の事件が起こる。

二十数年前のT子の事件は私が担当した最初のものだった。

T子は地方の裕福な、といっても雑貨や呉服を扱う商店の一人娘だった。両親は物静かな柔和な人で、T子は世間知らずの、ただ夢見がちなお嬢さんだった。二年間だけという両親との約束で彼女は都会に出てきた。短大を卒業すれば必ず帰って、結婚して父の店を継ぐはずだった。素直な性格の彼女に都会は楽しく、一人部屋で過ごす毎日は心躍ることばかりだったが、控えめに過ごした。しかし一年も経つとある青年と知り合った。彼女の知らないことを次々に教えてくれ、ちょっとした冒険をした後は二人で心から笑いあった。

妊娠した時、彼女はそんなことが自分の身に起こるとは信じられなかった。そして怖くなった。誰にも告げずに過ごすには体も心も限界があった。処理するには遅すぎた。両親は驚いて飛んできたが、娘を叱り青年に詰め寄るよりも、むしろ懇願した。娘の将来をよろしく頼む、というのが精一杯だった。

子供が生まれて二人は小さな所帯を持った。時々母親が田舎から出てきて赤子と娘の世話をした。両親の仕送りと男のバイト代で生活費は十分だった。いつか二人が父の店を継ぐことになるだろう。

男が家を空けることが多くなったのは、一年も経たない頃だった。T子は母親には言わなかった。男は何日も帰らず、彼女はその間中、一人で部屋で過ごした。もう男が帰ってこないという気がしていた。カーテンを閉め切った部屋は一日中暗く、食事は喉を通らなかった。ミルクも切れた。T子は幼児の首を絞めた。そうしてまた何日もそのままでいた。男への執着と憎しみと不安が彼女の中で渦巻いていた。あとで、両親が帰ってきてくれればよかったのにと泣いたが、彼女はもう答えなかった。

私がたまたまその事件を担当した。相手の男は蓮っ葉なつまらない男だった。罪を問うこともできない相手に私は怒りよりも無視で答えた。T子は憔悴しきって心を病みつつあった。裁判の決着はすぐに済んだ。有罪であるのは当然だったが情状酌量の執行猶予だった。

そのあとのT子のことは知らない。両親のもとで回復して過去を忘れ去ることが出来ただろうか。それともずっと闇の中で日々を送っているのだろうか。苦悶の果てに自死したということでなければいいと思うが、わからない。

出張先から帰宅したサラリーマンが、留守の妻が子供を殺して自分も死のうとしながらそれも出来ずに苦しんでいるのを発見する、という事件も数年に一度は見かける。何故かわからないと夫は決まって言う。理由は何であれ妻の心の苦しみを考えるといたたまれない。まったく意識のないままの行為であれば、本人も周囲のものもどれほど気が休まるだろう。

最近のケースでよくあるのが、シングルマザーの同棲中の男の幼児虐待である。男との間にできた乳児に乳をやる女は疲れきっている。日々の雑事の合間の二人の喧嘩も絶えない。男の少ない収入の割には酒や賭け事が多い。上の子供が授乳中の母親にまとわりつく。淋しくて我儘を言う。自分もかまってもらいたい。疲れた母親はそれを足で押しのける。子は泣き叫ぶ。酒に酔った男はうるさいと言って幼児を殴る、煙草の火を押し付ける、風呂に閉じ込める、または洋服箱に閉じ込める。女は止めさせようとしない。男がさらに怒るのを怖れる。また去って行かれても困る。幼児の叩かれた頭はぶよぶよで、煙草の火の痕は消えない、化膿する。どうしようもないのだ。幼児の息は途絶える。

男の罪の追及もさることながら、どの場合にも私は女性の苦しみを想像すると堪えられない。女性は深い懐をもってはいるが、繊細な心が無抵抗のまま苦しみに苛まれる時は弱い。しかしそれ以上に虐待され苦しめられ殺される幼児のことを考えると、いたたまれない。虐待され痛めつけられ、あるいは無視されても幼児は母親のところへすがりつく。邪険にされ疎んじ蹴られても、幼児にはそこしか頼るところはない。たとえ死しか待っていないとわかっていても、泣きながらそこしか行くところはないのだ。

前に述べた乳幼児殺しと、子供虐待の果て死に至らしめるのとはその性質はちがう。どれもそれぞれに異なるいたましさがあるが、共通点もある。当たり前のことではあるが、幼児はどれも死を知らず、死の恐怖の感覚を知らぬまま死んでいくということである。自分の命が何であるか知らぬままそれを奪われるのだ。生きていることを誰も認めないように、命の権利がまるで存在しないかのように。幼児たちはただ苦痛を味わうためだけに生まれてきた。そして存在の証明である苦痛さえも後には存在しない。生まれ出た自分の命を感じず、その意味も意識せず知らずに死んでいくことをどう考えるべきか、私にはわからない。命の意味とは何か。幼児たちは生き続けたいと願って、それがかなわずに死んでいくのか。それとも生きることも死ぬことも何も望まなかったのだとしたら。私は答えのない、解決してもどうにもならない問題が脳裏にふと起こってくるとそのつどしばらく悩むのだった。

今回私が当番弁護士として任に当たったのは、このどちらともつかない案件だった。単なる過失事故であったともいえるが、やや奇妙な事件だった。

男は五十五歳。実子の乳幼児を死なせた。警備会社社員でその日は夜勤から帰ってきたばかりだった。郊外にあるショッピングモールの警備が仕事で、規則上年間通して防弾チョッキを身に着けなければならない。空調のきいた車でも部屋でも夏は耐えられない。緊急事態や事件は滅多に起こらないが、その何もない日々を保つのが仕事である。日々の報告書は無駄と思われるほどのチェックと確認ばかりである。警備員の仕事への熱意と向上心は必要ない。平穏な時間を続けさせるのが任務といっても、事件を待っているのでもない、目的のない時間を眠らずに過ごすことは、たとえ前日に十分な睡眠をとったとしても苦痛に近い。

その日は朝九時に帰宅した。それから、ビールの大缶を一気に飲んで眠ることは最高の歓びである。入れ替わりに同居の女がパートの仕事に出かける。横になる。制服と防弾チョッキに締め付けられていた体は解放されもう眠っている。意識はまだかすかに眠りに入っていく感覚を味わっている。一歳の子供が泣き出す。ミルクは十分なはずだ。おむつも替えたばかりのはずだ。古いクーラーの風は生暖かくかえって苛立つ。壁に掛かっている絵が気になる。長い草の茎の先に白い花が垂れ下がっている。ある権力者が描いた絵らしいが、病的なほど繊細だ。朝なのにもう蚊が耳元でうるさい。眼底から脳までの器官が軋り痛くなる。

男は子煩悩だった。女はすでに四十歳だったが、妊娠を告げた時男が喜ぶのを見てまんざらではなかった。愛し合った仲ではなかったが、子供を産むと決めた時から二人は一緒に住み始めた。女は甘い夢を少しは見たあと、しばらくして後悔したが後戻りはできなかった。男の抱えている手を触れてはいけない闇のようなものが性格の奥にあるのがわかった。しかし過ぎていくにまかせる日々を断ち切るまではなかった。

男は裸の胸に幼児を抱いた。柔らかな体から甘い匂いがした。いとしくて仕方がなかった。それが自分の肉体と別の物体であることが実感としてわかなかった。食べたいほど可愛い、というフランス語の表現を思い出した。男は温かい幼児の頭に唇を付けた。幼児は泣き止んでいた。それから男は心地よい眠りに落ちた。

女が帰ってきた時も男は熟睡していた。幼児の息は絶えていた。

医者や警察官は、茫然として痴呆のようになった男と、取り乱すことのない女の二人に異様なものを感じた。男は取り調べに素直に応じた。小さな葬式と何回かの取り調べの後女は連絡を絶った。

虐待の跡はなかったし、私の仕事はすぐに終わりそうだった。過失致死で送検されるだけだろう。

ただ私にはそれ以上の興味が残っていた。一見何の変哲もない風貌だが私の記憶に残る気になる何かと、彼の変わった名前からも、しばらく彼と話をしたかった。体はそれほど大きくはないが、骨格はしっかりして動作も落ち着いている。短髪で色白の顔は整っている。ただ細い眼は何を考えているかを相手にまったく悟らせないほど動かず、それが意識してそうしていないのだけはわかる。相手を疑っているのでも拒否しているのでもないのがわかるだけ異様に光る。老境にさしかかった五十五歳にしては所帯臭さや人生の疲れは見せないが、力強さは感じさせない。ただ存在しているという雰囲気だけが、やや不気味にも感じられる。

高等学校在学中に母親が入院した。一人になり身寄りはなかったが父親の蓄えがあった。卒業後は自衛隊に入り、それから二十年あまりを過ごした。規則正しい生活と訓練に彼は満足だった。訓練は厳しく苦しいほど彼の体は心地よく受け入れた。何カ所も異動した。親しい友人はできなかった。同僚とのいさかいや上司のいじめも気にはならなかった。自分をそう正当化しようという気がなかった。雑事、まわりのことはすべて雑事と思われて何でも受け入れてしまえば気になることはなかった。

毎年の演習にも加わった。実弾の爆発音も慣れれば気持ちは高揚しなくなった。

地震、洪水、山崩れなどの災害復旧作業が主な仕事になった。家屋の下敷きになって原形をとどめていない血まみれの死体を運んだ。泥に埋まり見分けのつかない死体の顔を丁寧に洗った。二次災害も怖れなかった。作業が過酷であればあるだけ力が入った。

ゴラン高原へＰＫＯ部隊で派遣されたのは一つの転機だった。期間中の規律はより厳しかった。危険がすぐ傍にあった。それは気持ちのよい緊張の日々だった。物資の移送、高原の除雪作業、道路の補修工事が主だった。日本とは違う環境での作業は相当に体力を消耗したが苦にはならなかった。過酷なだけ身体には心地よかった。休日には小さな冒険もした。異国の酒と女も知った。フランス語も少し覚えた。

一度水にあたって寝込んだ時は辛かった。一週間も動くことが出来なかった。繰り返される下痢に気持ちも力も萎えた。空っぽの胃の痙攣は涙も絞り出した。生きているのが嫌だと思った。自分の身体が道路に転がっている物体や腐れかけた板切れに思われた。このまま意識を失って死んでいければ、と何度も願った。周りにいる者たちもすぐに自分を忘れるだろう。自分の命の存在に意味がないのを初めて感じた。

関係国の政治的な駆け引きで危険が増したとの日本政府の判断で撤収は早かった。体が回復してからすぐのことだった。帰りたくなかった。空や土の色、風のそよぎ太陽の光、美しい異国の女、それらが肉体労働の快感でさえあった苦しさとともに懐かしく印象に残った。

国際交流でフランス陸軍に二年ほど在籍した佐官が帰ってきた。帰国記念講演で彼は自衛隊とフランス軍の比較を話した。海軍だけの戦いなら圧倒的に日本が強い。陸軍は装備の違いが大きすぎて日本はまったくかなわない。空軍はややフランスが上か、微妙なところだと。

そして外人部隊の話に男は興味を持った。それはフランスの若者の犠牲を少なくするための軍である。本国にとって重要ではない戦闘に参加させる。総勢八千名あまり、現在は百三十カ国の人間が在籍している。優秀なのは韓国人、ブラジル人、不適格はアメリカ、英国、中国人。現在日本人は二名いる。給与、年金は当然だが、五年契約の後フランス国籍も取得できる。契約の延長は可能である。よほどの犯罪者でないかぎり、昔はその溜まり場であったが、四十歳未満で体力があれば誰でも入隊できる。入隊のテストは簡単でその時に名前を変えることもできる。一度入ると規律と訓練は厳しい。時折り脱走する者もいる。日本人で過去に一度逃げ帰った者がいる。昔と違って今は彼らを捜索することはない。

四十歳まで十分に間のあった男は自衛隊を退職してフランスへ向かった。入隊は簡単だった。規律も銃器の取り扱い点検も実践訓練も彼には物足りなかった。同僚たちは何のこだわりもなくただ五年を勤め上げ金を稼いで帰るのが目的で、休日に精一杯騒ぐのだけが楽しみだった。宿舎の異様な匂いにもすぐ慣れた。当然ながら下士官以外にフランス人はいなかったが、折に触れてフランス語は学ぶことはできた。

一度だけ旧植民地国のゲリラ掃討に駆り出された。山岳地帯をゲリラを追い詰めて前哨基地をつくるのが目的だった。戦闘よりも山岳の方が険しかった。ただ弾はふいに飛んできた。傍にいた同僚が三人死んだ。一人は顔の真ん中に銃弾を受けた。顔は破壊された。男は哀れさも悲しみも感じなかった。自分がすぐそうなるかもしれないという実感もなかった。ただ淡々とことを処理した。

五年が過ぎて契約を更新した。他に行くところはなかった。何カ所かの駐留地を異動したが、つぎの五年は何もなかった。物足りなかった。訓練も慣れると一日の雑事の一つになった。もっと激しい組織、厳しい軍律が個人を抹殺するほどの力で支配してくるのを欲した。己をその中に埋没させたかったが日々は空虚だった。荒れ狂う熱狂の中に流され自分を失っていくことが希望だった。緊張と刺激のみならずそれは快感であるはずだった。

思い出すと砂漠の訓練の苦しさが懐かしい。一歩ごとに崩れる砂を踏みしめて倒れるほど歩く。灼熱の太陽は容赦ない。苦しさを感じないために、一歩ごとの砂の音を聴く。何も得る物はないだろう。この音に己の人生の意味はないだろう。喉の渇きが己の身体を感じさせてくれる。肉体の疲労と痛みがその存在を感じさせてくれる。この時間が永遠に続くとしても、ただ空しく歩くだけだ。

しかし結果としてワインと肉で体重が増えただけの五年間だった。

帰国した時は四十歳も半ばを過ぎていた。母親は死んでいた。仕事は警備会社がすぐに受け入れてくれた。交代制の昼夜が逆転した不規則な生活にはなかなか慣れなかった。

町のフランス語学校に通ったのは単なる暇つぶしだった。経歴を話すと珍しがられた。一人の女と知り合ったのはそんな時だった。

男は比較的私には心を開いてくれたようだ。親子ほどの年の差はないが兄弟にしては離れすぎている。今まで話をゆっくり聴いてくれる者があまりいなかったのだろう。

事件については、偶然の出来事で辛いだろうが済んだことは仕方がない。時間が解決するのを待つしかない。罪は殺意があったわけではないから、過失致死罪で軽く済むだろう、と私は言った。

その時の彼の答えに私は眩暈を覚えた。考えようとする頭が真っ白になった。ただわかるような気がしたのは何かの錯覚だったはずだ。彼は言った。

「いや、殺意はあったような気がします。いやありました」

あわてて私は彼を説得した。おどおどしながらまくし立てたようだ。

「それは気が動転しているからそう思うだけで、そんなはずはない。君はわが子をとても愛していた。罪の意識がそう思わせるのだ。長い君の無為の人生が、その疲れがそう思わせるのだ。自分をそう追いつめるものではない。自らをそんなに貶めてはいけない。素直に自分を見つめるのだ。いいね、過失致死で僕は当局と話をつけるからね」

彼はもう私の眼を見なかった。そして黙ってしまった。私は彼に私に眼を向けるように何度も言った。彼は頑なだった。

そして私は言うまいと決めていたあることを、抑えきれずについ喋ってしまった。

「たぶん間違いないと思うけれど、僕は五十年前の君を知っている」

その翌日私は担当弁護士を罷免された。


「二」

男の名前は芽比須徹、めひす・とおる。この滅多に聞かれない名前が私の記憶をすぐに呼び戻した。事件の結末が幾分消化不良だったせいもあったのだろう、長い時間の経ったあとでも印象が燠のように残っていたのだ。

五十年ほど前、弁護士になりたての私は先輩の長尾弁護士事務所に所属していた。彼は人権派弁護士として立派な仕事をしていた。温厚な人柄で他人の話をゆっくり聴いてくれる、というのが一番の評判だった。彼に話を聴いてもらうだけで、訴える人の悩みが半分は解決されるという人もいた。司法修習生の頃、その授業を聞いて感動した私は彼の事務所で仕事をしたいとお願いした。将来は私もそのような人格者になりたいと思った。最初の仕事は先輩弁護士の補助ではあった。私は張り切っていたが、その力の及ばないことが現実にはいくらでもあるということを最初に教えてくれた出来事だった。

芽比須徹の父は市内のはずれで小さな産婦人科の医院を開いていた。人のいい性格で何かを頼まれると断りきれない優しさがあった。あまり裕福でない人が多い地域だった。看護師である徹の母とほかに看護師が二人、事務職、賄が一人という小さなものだった。自宅で産婆さんが出産に立ち会うことも多かった。

その頃の日本は工業近代化で成長を謳歌し始めた時代ではあったが、その被害の有害物質ダイオキシンでの死産児や薬害の嬰児がしばしば話題になった。

芽比須医院で、腕のない薬害の嬰児が生まれたのはまさにその渦中にあった。誕生後すぐに嬰児は死んだ。院長は事務処理を淡々としたが変な噂がすぐに流れた。極秘裏に、そのころはそう呼んでいた畸形児を、院長が頼まれて処理した。看護師の一人か事務員かあるいはその若夫婦が漏らしたのか、わからない。

警察は動いたが確たる証拠はなかった。若夫婦は最初は自分たちが嬰児の口を塞いで、あとは院長にお願いしたと言った。自分たちは貧しく将来もどうしていいかわからない。院長はただ死亡証明の手続きをしただけだと言った。だが何度もの調べで、夫婦は最初から院長にすべてを頼んだと主張を変えた。繰り返された無意味なやり取りのあと、院長が罪を認めた。実行者が誰であれ責任は自分だと。

何が真実であったかどうかはわからない。ラジオ、新聞で取り上げ、医院は連日報道記者に取り囲まれ、院長はインタビューを強要された。

人権派グループが医院の前で糾弾のデモをした。鬼畜、ヒットラーと彼らは罵倒した。投げられた石で医院の窓ガラスが割れた。見知らぬ男たちの泥靴で医院は荒らされ、憔悴した院長は両腕を抱えられて連れて行かれた。何度も調書を取られて送検されたが、彼はもう何も喋らなくなった。

反面、その子を生かせて、苦難の道を歩ませ、若夫婦に苦しい日々を送らせて、誰か喜ぶのか、誰が悲しむのか、という論調さえ出てきた。そんな中、憔悴した院長は自死した。それでこの件は終わった。徹がまだ五歳の頃だった。

先輩の長尾弁護士は敢えて院長の弁護を買って出ていた。その意味がわからないわけではない。しかし私は自分の考えをまとめきれないまま長い無力感に陥ってしまった。

五歳といえば、幼児を抜け出し男の兆しを見せ始めるころである。生命力ものぞきはじめ、ふてぶてしさも見え隠れする。私は先輩とともに院長宅で打ち合わせの折に、徹少年の相手もした。しかし私は手を焼いたというか、相手をする方法がわからないというか、手こずってしまった。彼は感情をあまり出さず、こちらの問いかけにもはっきりした反応は見せなかった。丸坊主が似合う丸顔の色白の整った上品な顔立ちではあったが、私には一瞬、能面に見えたことさえあった。

母親は小柄で美人だった。院長よりかなり若かった。濃い眉毛と意志の強そうな眼が、こぢんまりと顔の中心を纏めていた。口紅は真っ赤だったが不釣り合いでもなかった。私は初めて香水の匂いを知った。

あれから五十年経ったのだ。今私はかつて先輩の長尾弁護士が使っていた机に座っている。

仕事を始めて二十年経って独立しようとした時、長尾先輩が急逝した。そのまま事務所を受け継いでまた三十年経ったのだ。結婚したが子供はできなかった。平穏といえば平穏な人生だった。向上心がないわけでもないが、欲や希求心の強い性格ではなかったと思う。しかし激しい何かの情熱の奔流に巻き込まれて、自己を失うほどの時代を送ってみたかったと時折思うのは自然だろう。そこで破壊された自己はどんな自分であったろうか。今はあと数年もすれば私も妻も老いてどこかで一生を終えると思うだけだ。

今日は特に蒸し暑い。古いビルの事務所なので、セントラル制御のエアコンはあまり効かない。かと言って、新しいエアコンを取り付ける気もない。二人の司法書士も慣れているせいか文句を言わない。ある時から事務所を禁煙にしたがまだ名残の匂いは残っている。事務所の天井の照明は入れ替えて少しは明るくしなければならないだろう。二人が帰ってからずいぶん経つのでもう九時は過ぎただろう。雷が鳴って雨が降り出した。

私を罷免した芽比須徹の気持ちはわかる。当時まだ五歳だったとしても事件のことは後で知っただろうし、一家の不幸を今更突然他人がぶり返そうとすれば、拒否するのは当然だ。しかし私の出現が彼の心の底の何をどんなふうにかき乱したかは、今度はこちらが知りたくなる。

彼の顔の白い皮膚が気になる。外人部隊では相当に日焼けしただろうにその白さは不自然だ。いくつもの死体を冷静に見つめて現実を知ると表情の色が失せるのか。私に向かって喋り続けても、ふと目の前の空間に気を取られ、意識を失ったように黙り込むのは何かのトラウマか、それとも嫌悪すべき記憶のせいか。それとも白熱する砂漠の太陽と砂嵐の熱狂に取り残された、孤独と不安の再生なのか。

そしてなぜ彼はその殺意を否定しなかったのか。悔悟の余りの罪で自分を罰したいのだろうか。夢の中の譫言のように彼は言ったように思う。殺意はありました。私にはそれが彼がいかに幼児を愛していたかという表現に思われたのが不思議だった。


この件はこれで終わりにすることはできるが、そのままでは消化不良がいつまでも後を引くにちがいなかった。五十年前の資料を捲ってみることはすぐに思いついた。先輩弁護士の後を継いだと言いながら、その資料の整理は最初の頃はやっていたがだんだん面倒になり、ある時期から倉庫の隅にまとめただけで手を付けなくなっていた。私は夕立が止むまでと思いながら、倉庫の資料に手を付けて探し始めた。わからなければ明日から所員にさせよう。しかし倉庫の照明は暗く、私は背後から芽比須徹の影が見つめているような気がして気味が悪くなってやめてしまった。

一週間ほど経って所員が見つけてくれた裁判資料に挟まって紙束があった。それは私に奇妙な衝撃を与えた。内容について私はどんなふうに考えていいのかわからない。否定も肯定もできない。ただ、真実を知り、ああそうかと思うだけである。しかしその力は強い。それは私の思考力を奪うほど強力だった。

芽比須院長の死後十年余り、長尾弁護士が残された二人の後見をしていたというのを初めて知った。少年から青年に向かう多感な時期に徹は折に触れて長尾弁護士に手紙のような手記を送っている。前後のまとまりもなく、書きなぐられただけの手記である。長尾弁護士は意見を言わず、ただ彼の気持ちを聞いている。徹もただ書き綴るだけだ。そこで意見とか忠告を与えられればそれは終わっただろう。手記が明るい場所に晒されるのは絶対に避けるべきことだった。高等学校を卒業したところで手記は終わっている。自衛隊の入隊も、精神を病んでいた母親の入院手続きも長尾弁護士の世話だった。

長尾弁護士もこれらの手記は自分の早い死を知っていたら破棄したのではないか、という疑問が私には残った。

長い間閉じ込められていた紙は変色して焦げ茶色になっていた。湿っていてもう数年もすると完全に鉛筆の跡は消えてなくなるだろう。注意しながら紙束をめくると、私にはある種の愛着がわいてきた。

私は抑えがたい欲求を放置することが出来なくなった。この数枚のばらばらに書きなぐられた手記、私の知らない世界、隠された世界、淫靡な世界を、そのまま放っておくことに耐えられなくなった。
私はこの手記を秘かに少しずつまとめることにした。書かれたことに空々しさを感じたこともあったし、嫌悪感を催すこともあった。しかし私を引き付けたのは何だったのだろう。私は芽比須徹になりきって一人称で書くことにした。

「三」

父が死んだのは僕が五歳の時だった。もう十年以上前になる。生前の父の記憶は薄い。白衣の小柄な後姿がぼんやり残っている。板張りの医院の廊下を力なく歩いて行く姿だ。死顔は蝋人形のように整っていたが、それが父であるかどうか確かではないが、それだけが印象にある。髭が伸びていた。その白さのため別人にも思われたが、生前の顔は浮かんでこない。
しばらくの父の不在は、五歳の僕には何を考えることでも、心配することでもなかった。ある日父の死の知らせが届き、僕は母と夜汽車に乗って出かけた。行先は北陸の知らない寒村だった。スチームのきいた車内は暑く、それが妙に懐かしく僕は嬉しかった。秘密の会合に参加するような気がしていた。母も父の死を確かめに行く旅にしては、悲しそうではなかった。今考えると父の死を二人で楽しんでいたようで変な気がする。

その朝、みぞれの降るぬかるみの道を長い間歩いて、病院か、警察かの建物に入った。死体の確認はあっけないほど簡単に終わった。布がとられると母はすぐそれを父だと認め、さっさと部屋を出ようとした。その場に泣き崩れる母を期待していた係員は、唖然と見送った。

僕は何を感じることもなく、ミイラもこんなに白いのかと思った。

小山の中腹にある野菜畑の小屋で父は首を吊っていたらしい。僕らはそこへ出かけた。粗末な小屋で農機具が収まっている。壁の隙間から光が射し込んでいる、父の最後の空間。外は枯れた野菜がそのままで裸の土だけだった。広くはない畑。父がなぜここに来たかは謎だった。まったく関係のない土地で身元不明として処理されたかったのかもしれない。冬の曇った空に寒風が吹き抜けていた。その先に海が見えた。妙な解放感があった。

医院はそのままの形で朽ちていった。壁のペンキは剝げ、紙切れのように飛んでいった。消毒液の匂いも割れたガラス窓から流れ出て次第に消えていった。風の強い日は残っている窓ガラスや瓦が落ちて割れる音がひびいた。医療器材を残したまま廃屋となっていったがどうすることもできなかった。

僕と母は母屋に住んで、ずっと雨戸を閉じたまま生活していた。誰かに見つめられているという心配はなかった。外部からの侵入を怖れているのでもなかった。むしろ僕らが外を見るのを怖れているのではなかったか。部屋は湿っていたがそれは僕たちに安心感をもたらした。

近所付き合いはなく、誰も見向きもしなくなった。というより僕らとの接触を自然な格好で避けようとしていたに過ぎない。母は平気な顔で買い物に出かけ、ひと言も誰とも言葉を交わさずに帰ってきた。

少年時代をずっとその状態で過ごしたのだった。僕は自閉症と思われていただろう。あるいは気味悪がられていたかもしれない。僕らのことを知らない隣人はいなかったから。誰も近づかないし、悪童たちのいじめもなかった。夜は二人でラジオを聴き少し笑ったりした。そして毎晩母に抱かれて眠った。

平穏な日々の流れでは、少しずつ変化をもたらす狂気はなかなかその色合いを見せない。日常の雑事をいつも通りにこなしても、母はだんだん寡黙になっていった。そして僕をじっと見つめていても、その眼球に僕が映っていないかのように瞬きもしなくなった。買い物に出かける時は薄く化粧をしていたが眼の下の隈は隠せなかった。髪が乱れ始めた。ふと、昨晩お父さんが帰って来たのに、どこへ行ったのかしらと母が言っても僕は驚かなかった。母はすぐに気がつき恥ずかしそうに知らぬふりして否定はした。

時間は停滞していた。不登校が続くと教師が訪ねてきた。母は明るく普通通りに対応した。僕はしばらく通うとまた休み、そのつど教師は再訪した。彼の眼の奥に、奇妙な家族を覗く興味の光が見え隠れした。

湿気と裸電球の薄闇の日々は安住の場所だった。少年期の終わりを迎えようとしても僕らはまだ抱きあったまま眠った。母は僕を離さなかった。暖かく安心できた。初めての夢精は母の脚を濡らした。

ある時、僕は母と僕の間にぴくぴくと動く魚の鰓のようなものが息づいているのに気付いた。それは日毎に大きくなっていくようだった。僕らは毎晩観察の目を光らせた。それははっきりした形を持っていなかったが時々可愛らしい痙攣をおこした。僕はそれが幻覚だとわかっていた。僕らは呼吸を忘れていたが、それが呼吸をするとき自分が呼吸をしている錯覚を覚えた。栄養の豊富な僕らの死体から栄養を吸収し繁殖して溌剌と活動を始めようとしていた。僕らの皮膚を食い破って明るい大気に顔を出そうとしていた。僕らは憎悪をかきたて残忍な思いをその上に被いかぶそうとした。だが僕らの貧弱な手ではどうすることもできなかった。窒息させようにも皮膚のいたるところで呼吸をしていた。それを抹殺するには硬いコンクリートの部屋に閉じ込めて毒ガスを使わなければならないと思った。

僕はもう青年期に足を踏み入れつつあった。外に出ると眼がくらんですぐに陰を探したが、反面この光がもっと強烈で一瞬のうちにでも自分を焼き焦がしてくれればどんなに満足だろうかとも思った。細い腕と薄い胸板の肉体であったが、汗の匂いと少し増えた体毛が自分が男であることを認識させた。

生暖かい空気の充満する春の夜だった。寝苦しく僕は裸になった。頭の中は重苦しい空気が充満して、全身は何かを噴出させないと耐えられないほど膨れ上がっていた。そばの母は寝息をたてていた。噴出する代わりに冷たい異物が体の底から頭をもたげ、瞬間、僕はそれに転がされた。朦朧と夢を見ているような気がして僕は母の肩に手をかけた。そしてxxxxxxxxxxxxxxxx。

しばらくして目が覚めた。貴方はあの時とても興奮してたわね、と母の声が耳元でした。僕にではなく父への語りかけだった。暗くても彼女の眼は光っていた。僕は虚脱したまま深い闇に落下していく感覚を覚えた。

隣室で若夫婦は布団を頭からくるまって息を潜めている。そばではストーブが真っ赤である。お伽噺のペチカだ。薪がときおりはじけて音を立てる。分娩室のテーブルにはガーゼタオルに包まれた嬰児が籠の中で微かな息をしている。

母の眼は僕の方を見てはいるが、顔を見ているのではなかった。眼の前の空間をじっと見て、狂ったようにただ喋りつづけている。貴方は、あの時、と何度も繰り返す。闇の中の眼の光は虚ろになっていく。

籠の中の物に毛布をかけしばらく抑えていたのは母だった。ちょっとした抵抗の動きはすぐ止んだ。決心のつかない父より母の行動は早かった。その夜父は興奮し衰弱して泣いた。母が彼を抱きしめて安心させた。それからそのことは言葉にはしなかったが、寝物語の背景になって続いたのだ。


暗い波間に漂った左右不均衡な母の顔がぼんやりこちらを見ている。時々夜光虫のように光る。僕は闇の中を浮遊しはじめる。はるか彼方にいくつもの原色の灯がきらめきそれはひどく猥雑なものを想像させる。僕はその方向へ泳いでいこうとするが体は動かない。重苦しいものに押さえつけられて不安だ。鼓膜が圧迫されて破れそうだ。僕らは幼児をどんな方法で殺害するかということを話しあっていた。ただ何を喋っているのかわからず、声は聞こえなかった。

闇の中に黄色の薄明るい靄が浮かび上がってくる。無数の小さなうめき声が長く続く。しかしそれはむしろ祈りのようだ。苦しみはもう通り越してしまって静かだ。沢山の裸の死体が折り重なって倒れている。親に抱きかかえられた幼児たちの表情は安らかだ。僕は冷たいコンクリートの壁に押し付けられているが、苦しくはなく、まだ死につつあるということを知らない。僕は風呂に入るためにと大人たちに優しく微笑まれてこの部屋へ入ったのだった。あとで収容所の大広間で楽しい食事が始まるはずだった。大人たちに愛された僕はお菓子を貰って笑うはずだった。と、突然僕らの死体の群れの間に一条の光が射し込んでくる。重い鉄の扉が開いて、誰かがそこから覗いているのに気付く。光を背景にして立っているのは女の姿だ。深くかぶった鉄カブトの中の顔を僕はじっと見つめる。それは懐かしい母の顔だ。長い間、僕を見守り続けたあの狂気の顔だ。

その時僕は闇の遠くから、群集のざわめきが風に乗って近寄って来るのを感じた。それは明け方、幻聴で目覚める時に感じるある種の懐かしさを含んでいた。僕はあわてて起き上がろうとした。しかし力がなかった。さあ、早く行かねば遅れるぞ。この湿った家から早く出て行かねばならない。今しも朝の巨大な太陽は白っぽい空に燦然と輝き始めようとしているに違いない。瞬く間に真っ青な空を焼き焦がさんとするだろう。群集は熱狂していた。今や、群集が長い間待ち望んでいた征服者が出現したのだ。汗と脂肪でぎらぎら輝く彫の深い顔の征服者は群集の前に立った。彼は真っ赤な太陽を背にして演説した。彼の漆黒の軍服はまばゆいばかりに煌めいた。群集は狂気の叫びをあげて、彼を賛美し、我先にと投げキスを送った。群集は戦いに出て行こうとしていた。彼らは戦いと破壊を愛した。征服者は叫ぶ、死よ、万歳。歓声がさらに大きく湧き上がり、祝福の紙吹雪が真っ青な空からとめどなく彼の頭上へ舞う。

巴里スフロ通り

……音の花

男は定年で市役所を辞めた。思えば短いようで長かったが特別の感慨はない。仕事では様々な部署を回ったが、記憶にないものも多い。庶務係から始まって戸籍係やいくつかの事務を経験し、保健所の雑務、葬儀場職員、ごみ焼却所職員、最後は図書館の出庫係だった。十カ所程異動しただろうか。内気であり他人とのつき合いが苦手だったので異動するたびにほっとした。そのため友人はほとんどできなかった。

四十年の勤めの間に、父と母のそれぞれの最期を看取った。一人っ子であったので老いて次第に呆けていく両親には親孝行な息子であった。

結婚はしないままだった。忘れられない女性に出会ったが、その頃の自分には望むべくもなく、以来、女性への思いは心の中に閉じこめた。

ある夏、保健所の仕事の頃だった、汗にまみれて外勤から帰ると、玄関につけた車から紺のスーツに身を包んだ背の高い女性が颯爽と降りてくるのに出会った。新任の勤務医だった。最初は美しい脚が車から出てきて、次の瞬間、彼はその衣服の中に女の肉体の全てを見た。それは衝撃だった。それは自分のためにしか存在しない、そして自分もそのためにしか存在しないはずだ、という勝手な錯乱だった。その想念を捨て去らねばならないのはわかっていた。一瞬の気の迷いだと思った。しかし所内ですれ違う時の衣擦れにふれ、かすかな香水や髪や体の匂いを感じる時、後姿を眼にする時、ふと声を掛けられる時、彼の苦しみは増した。その美しさの足元にひれ伏すことはできなかった。素知らぬ顔をしていなければならなかった。苦しみに悶える自分の顔をみてその悲しみを知ってもらえたら、それだけでどれほど癒されたことだろう。

音楽との出会いはその時からだった。もともと古典音楽は好きだった。ある交響曲が思い出された。それから彼は何度も繰り返しその曲を聴いた。哀しくふるえる手でレコード盤に針を置いた。そして眼を閉じてその曲に全身を浸した。曲の盛り上がりは悲しみと喜びが混ざりあった感覚になって空虚な胸を満たした。その旋律と音にすがりつくような気持ちだった。その間だけ彼の苦悩は和らいだが、どれほどの鬱屈した暗い夜と白々と明けていく虚しい朝を迎えたことだろう。

彼の生活はもう古典音楽と切り離すことが出来なくなっていた。同じ音楽を何十回何百回飽きることなく聴いたことだろう。日々の仕事はただ平坦な時間で陽炎のように現実味はなかった。

朝露のしずくがまぶたに落ちて目覚める、若い太陽が次第にその力をつけて昇っていく、ある作曲家の十代の頃の交響曲一番だ。初夏の若葉が匂い、足元の小川のせせらぎが小鳥の鳴き声とハーモニーを奏でる、夢想者の散歩は日暮れまで続く。灯が燈るころは森に囲まれた邸宅で舞踏会の準備がすすんでいる。朝まで続くのは仮面舞踏会である。秘密の恋への暗い嫉妬は怒りを内包したノクターンだ。虚偽の華やかな嬌声と酔いの手を滑り落ちたグラスは絨毯を赤く染める。幻想と妄想の嵐の交響曲。喧騒を避けて森へ向かう詩人に響くのは第四楽章のアダージョである。彼は思い出す、薄闇の空から無数の白鳥が降りてきて湖水を滑り蹲って眠りにつく光景を。また広い雪原に埋もれてまったくの静謐のなかで眠っていく自分を。昨日の夕方、彼は書斎で自死を考えていたのだ。開け放した窓から生暖かい風が時折り流れ込んでくる。早春の夕暮れの風はなぜこうも哀しいのか。焦燥はない、沈んでいく心のふるえはチェロ協奏曲だ。そしてレクイエムは魂を鎮めるものではなく、滅びていく魂を賞賛するものだった。もう何も考えまいとピアノのアリアに目を閉じる。

音楽の中で想像が広がっていくのではなかった。最初の印象と物語がいつまでも続いた。それで結局は何十年も同じイメージを同じ音楽に抱き続けることになった。そして物語は彼の思い出になっていった。久しぶりに聴く好きな音楽は歳とともに生の感動が減る半面、懐かしさはより鮮烈に蘇った。

彼にとってもはや音楽は感動ではなく、郷愁に満ちた空気になって体をそこに漂わせる媒体だった。ピアノの音は彼の体を小さな粒子にかえそれを弄び転がした。星の煌めきが目の前の葡萄の実りのように手に取ると転がり落ちるのに似ていた。バイオリンは醜い肉体を波動に替えて、一本一本の弦を繊細に共振させ震わせた。凍土が溶けて清水になり小川のせせらぎを奏でた。交響曲は彼がそこに溺れる凶暴な海であった。そしてどこまでも暗い安らぎの深淵だった。


退職して数年が経った。ある時雑誌の一つの記事が眼についた。「貸し部屋、三カ月三十万円、電気代込み、パリ・スフロ通り五番地」金に余裕があったので何も考えずに彼は決心して金を振り込んだ。昔ならこんなことは思いもつかなかったろう。彼は愛用のウォークマンに音楽をさらにダウンロードした。二百枚ほどのCDを入れた。

海外へは初めてだったし、フランス語も出来なかったがマニュアル通りに進んでいくとそこはパリだった。アラブ系の管理人が鍵を渡しながら、帰る時に郵便受けにそれを投げこむだけで、もうあなたと会うことはないわ、と言ったのだと思う。それがパリの始まりだった。

石づくりの大きな古い八階建てのアパルトマンだった。石畳を渡り重い木の扉を開けると中庭に通じる廊下。さらに分厚いガラス戸を二つ目の鍵で開ける。小さなのろいエレベーターで五階まで上がる。途中階で止めて覗くと廊下には絨毯が敷き詰められており、かなり高級な由緒ある建物のようである。五階から階段を八階まで上り、さらに螺旋階段を上るとそこが部屋だった。二メートル四方の狭さだが、斜めに屋根がある天井と床の隙間にマットが敷いてあってそれがベッドだ。その斜めの屋根に押し上げ式の天窓が一つ、やっと頭が出せるほどの大きさだ。空は快晴で風が心地よい。すぐ目の前に聖廟であるパンテオンの屋根が見える。

屋根裏部屋といっても石づくりでがっしりしている。真ん中のテーブルがあり裸電球がぶら下っている。白いペンキが塗られたばかりのようだ。分厚いドアが重々しい音を立てて二度と開かないとでもいうように閉まる。世間からまったく隔離されている。自分がここにいるのを知っているのはあのアラブ人だけだ。ふとかすかな不安が脳裏をよぎる。孤独はどこも同じだ。

いくつかの観光を済ますと特別に珍しいこともなかった。初めのうちは日曜日ごとに教会へ行った。パイプオルガンと聖歌を聴くことが出来たが、なぜか体に合わなかったので止めた。著名な演奏家のコンサートにも何回か行ったがそれも止めた。素晴らしい演奏もあったが、男には音楽は一人で聴くべきものだった。それからの男は午前中いっぱいをプールで過ごし、昼は缶ビールとサンドイッチを抱えて公園に座った。そして夕方警官が閉門の笛を鳴らすまで音楽に浸る。アパルトマンを出て左に下っていくと、突き当りが一番のお気に入りのリュクサンブール公園、そこがウォークマンが音楽を奏でる彼のためだけの唯一のコンサートホールだった。

　マロニエやプラタナスの緑に囲まれている公園が、そのまま上へ抜けると淡いブルーの空に拡散して広がる。空は美しく風はいつも涼しい。知らぬ間に眠ってしまい、ふと目覚めると自分が何をしているか一瞬わからないこともある。ウォークマンはばらばらの順序で次々に音楽を流していく。曲を選ぶ気は起こらない。何週間過ぎたことだろう。日にちの感覚はいつの間にか消えていた。

　それはある夕方のことだった。いつものように公園を出てからふらふらと歩いて彼はセーヌ川の橋に立った。夕焼けの名残の雲がわずかに漂っている。街の遠くの尖塔やドームの屋根などの建物が、淡い水色と薄紅色に染まった背景に浮彫りになっていた。それに見とれて二、三人が立ち止まっている。どす黒い雲がその残りわずかの光を次第に抑えこもうとする。そして一呼吸の間もなく陽は落ちた。

　次の瞬間、それまで雲を映して黙々と流れていたセーヌ川が、深く透き通った美しい青色に一気に輝いたのを男は見た。あっ、と声をあげて彼はあわてて上を向いた。そこには限りなく広い空が、そして川よりももっと暗く透き通った青い色が、巨大な深淵のように今にも町全体を飲み込もうとしているように広がっていた。その暗青色は光を受けなくてもそれ自体で輝く。

そして奥は果てしない。懐かしさ、いままで感情の起伏が少ない男だったが、小さな喜びや些細な怒り悲しみまでがすべて思い出され懐かしさの波に打たれたようだった。それはまた、空疎な胸に打ち込まれたあの虚しい痛みの日々につながった。男は涙ぐんだ。なぜか、男は自問する、懐かしさ、こんな美しい色は初めてなのに懐かしい。そして美しい色を見るのはこんなに苦しいものなのか。

耳元では何かの交響曲が終わりを迎えようとしている。男はその音をほとんど感じなかった。胸の空洞を爽やかな嵐のように過ぎていった曲だった。好きな曲だった、しかし今、曲は名前のない響きのハーモニーと音の塊だった。彼には音と色の区別がつかなくなった。

夜毎に街を徘徊することが日課になっていた。メトロの初めての駅に降りる。目的はなくただそのあたりを歩く。次々に視野を横切っていく初めての光景は耳に染みついた音色をまた新しくする。音楽の印象そのものを変えるわけではないが、音楽にまつわる過去の記憶が思いもかけない姿で蘇生する。光から闇へ、闇からさらなる闇へ、そしてその底でふとした灯りに出会うときの懐かしさは得も言われぬ安らぎである。蔦と苔むしたような石づくりの古いその建物に住んでいる人は、男が聞いているその音楽に合った人間である。彼には今まで友人と呼べるものはほとんどいなかったし欲しいとも思わなかったが、想像の人間にはしばしば出会うことが出来た。

ある瀟洒な建物の三階の出窓は花が溢れんばかりである。夜の中でその窓だけがほんのりと明るい。宮廷詩人の彼は華やかな生活の果てに醜い恋に陥り、自堕落な日々を送るが、もはやそれから抜け出すことが出来ない。淫らな夜を過ごした翌朝、彼はベッドに安香水の女を残したままその窓から身を投げる。激しいピアノソナタの連打はいつのまにか消え、狂気にかられたようなバイオリンの高音に消えていく。

突然、明るい街角に出会うこともある。ガス灯の光（彼にはそう思われた）に照らされて、いくつもの店が並ぶ。カフェでは若者たちが狭いテーブルに重なり合うように寄り添い、お喋りと笑い声でひと時もじっとしていない。ワインやシャンパンやビールのグラスが柔らかな光に映えている。わざとおかれたような醜悪な飾りさえ一つのアクセントになっている。お菓子屋からは甘く切なくなる匂い。夜遅くまで開いている花屋からは原色の花々の香りがとめどなく流れている。

彼はそれらを瞳を動かさずにしっかり見つめ、そして無関心を装って通り過ぎる。俺は独りだが決して孤独ではない。楽しい。美しい金髪がうなじに触れたような気もする。グラスの割れる音や女の嬌声は弦楽四重奏曲の邪魔にはならない。

しかし再び闇に入ると下町は総じて臭かった。メトロやバスの中で強い香水に身を絡まれると、それはいつまでも消えなかった。それを帯びたまま下町の塵や得体の知れない匂いに付き纏われてもどうすることもできなかった。しかし男にはその混合した匂いを身に帯びることが習慣になった。なぜか懐かしさを覚え始めたのだった。

またも音楽がそれを引き出した。ある曲が彼の仕事を思い出させた。彼が勤めたころの市立ごみ焼却場は近代的な大型施設に変わってはいたが、その辺りに漂う臭気はどうしても消えなかった。熟した極みの腐臭は果物の甘さも含んでいた。ごみを持ち込む市民の受け付けをする。車で三階建ての建物に入りそこから巨大な穴へ向かって大量のごみを捨てる。段ボールの中身は誰も知らない。ショベルカーが整理して焼却炉へ送り込む。最新式の無煙の煙突であったが見えない臭気は晴天の日も雨の日も漂った。事務所の玄関口には設計者の機転のつもりか山梔子の花の生け垣があった。鼻を近づけると強烈な芳しさは一瞬だけで、あとは熟したごみの匂いと混ざった。それは彼を安心させた。腐れていく病んだ花の満開の日々は長かった。

素直にペレリナージの音楽に浸ったのは葬祭場焼き場の職員のころだった。彼は丁寧に淡々と職務を果たした。様々な参列者の感情を想像することはしなかった。その仕事が一番長かったと思う。微かな死臭と人間の焼ける匂いは冷たい廊下の足元に流れている。彼は確実にそれを感じた。巡礼のコーラスとアヴェマリアが喚起する菊とカサブランカのくすんで強すぎる匂いはむしろ爽やかだった。しかし、しばらくすると吐気を催した。

両親も彼自ら焼いた。少し甘酸っぱい匂いがしたように思ったが、それは気のせいかも知れなかった。

雨の日はまだ明けていない灰色の空から落ちる滴がガラスを打つ。天窓の隙間から顔に落ちた水滴で眼が覚める。どうしようもないむなしさが胸に広がる。今日一日このマットに蹲っていなければならないだろう。悲しみでもない焦りでもない怒りでもない、ただじっとして心の空虚を抱えていなければならない。こんな朝を何回迎えたことだろう。何かの変化を求めているのではない、何かを欲しているのでもない、様々な旋律の音がその空洞を通り過ぎるままに任せ、何かの拍子に埋め尽くしてくれるのを待つしかない。

四方の壁のペンキは湿気を帯びると匂いを発する。消毒液の匂いに似た、咽喉の奥を得体の知れないものが撫でながら通り過ぎる。保健所勤めの頃、血を見ることは少なかったが、いろんな汚物を処理しなければならなかった。そのため消毒液の匂いはある種の安心感を抱かせてくれたものだ。それはまたあの女性の面影が胸に杭を打ち込む痛みと悲しみの匂いでもあった。その匂いはなんの望みも抱かせてくれない白い朝の光に漂う。懐かしい交響曲が蘇る。

時の流れの感覚は消えた。あと何週間で帰らねばならないか、まったく考えなかった。ただ歩き続け音楽に漂うばかりだった。網膜に映る様々な建物は、もう色を失い無彩色の陰影のように移り変わっていくだけだった。石づくりの建物は紙のように平坦な道に貼り付けられ、その路地と裏道は奥行きがなかった。

ただ歩き続ける。いかにも用事がありそうな急ぎ足で、あるいは住み慣れた道を想いにふけりながら散歩するように。最初の頃はそれでも、ああこれが俺の人生なのか、何をしているのかなど、ふと思うこともあった。だがもはやそれらも消えた。自問すること、その自分の存在にも意味はなくなった。

そして一日中、頭という洞窟中に鳴り響いていた音楽は消えた。消えたというより、音と旋律は嵐雲のように膨張し彼とその周りに覆いかぶさった。時として濁流となって荒れ、また羽よりも軽いものを漂わせ、陽の射さない湿地帯の静寂に、湖の奥深さになって、空気そのものを包んだ。彼の周りの空気は音と旋律の変化に震えるばかりだった。空気は音楽に飲み込まれ、いや音楽が空気そのものになり、その音楽を彼は吸った。そして音の振動のままに、彼は音楽の中に浮遊した。音楽は甘く優しくそして荒々しく無謀に意志を奪い彼を弄んだ。彼はしばしば自分を見失った。考える力を失った。もはや自由など必要なく音の変化になされるがままだった。壊れかけた貧しい建物の並ぶ路地で、迷路へ誘うどぶ川につられて、いつの間にか巨大なビル群のはざまで紙屑のように音の風に吹かれてさまよった。

そして意外な展開で終わりがきた。ある日の夜、路上でいきなり大きな黒人に抱きつかれた。男はあわてなかったが急に解放された気持ち良さがあった。街の雑踏と車のクラクションが初めてのシンフォニーのように新鮮に耳元に広がった。黒人が走り去ったあと、男はウォークマンがなくなっているのに気付いた。追いかけても無駄だ。怒っても悲しんでもどうしようもない。彼はそろそろ帰る時が来たのだと思った。それでも急に疲れに襲われた。

部屋に戻ると男はすぐに横になった。打ちひしがれた惨めな気持ちでこれからしばらく何をしようかと考えているうちにいつの間にか眠った。ふと目が覚める。部屋が妙に明るい。今日のことを考える。すると男はあることに気づいて驚く。脳髄に音が鳴り響いている。次々と音楽が展開する。音を取り戻したのか、今までと変わらない。耳とは、聴覚とはなにか。ウォークマンは不要だ。音楽は直接脳裏に響く。曲は愛と死の長い物語を奏でている。伝説の叙事詩は次々に淡い美しい色を呼び起し、夢の中のような音楽となって彼をうっとりさせる。彼の体は今や秋の晴れた陽に満ちた空洞であった。そこを清冽な音と旋律が満たしていた。音楽を内包した彼の体は無重力の大気の果てへ向かって浮遊するのだった。

変化しながら流れる音楽はその時代の仕事を、そして匂いを喚起させた。匂いは次の仕事を、音楽を、思い出を展開させた。懐かしさだけではない、小さな水の滴りが、涙のようなものが蒸発して胸いっぱいに広がって男は体を震わせた。何かへの感動に似ていた。これからずっとこのマットに横になったままで、すべてを知ることが出来る、すべてを感じることが出来る。

男はこの部屋に住み始めてからずっと気になることがあった。が意識してなるべくそれに触れまいとして過ごしてきた。分厚くて閉める度に重量感のある音を立てる堅い木のドアだった。鍵も複雑である。怖れてもいた。もしこのドアが壊れて中から外へ出られなかったらどうするか。あのアラブ人の管理人以外は誰もここに人がいるとは知らない。叫んでも誰も気付かないのではないか。そしてあと数週間は誰もここには来ない。

それでも男は最初の頃はそれはそれでいいのだ、じっとここで死んでいくのも悪くはないと、半分怖れながらも気休めに思っていた。飢えは苦しいかもしれないが、熱中症だったらそんなに苦しくはないと聞いている。二百曲の古典音楽を繰り返し聴きながら次第に意識を失っていく。脳裏の奥底から身体いっぱいに鳴り響く音楽。だれが発見してくれるか知らない。死体が腐乱して悪臭を放っていようがどうなろうが、こちらの意識と感覚は存在しないのだから考えることもない。ただ音楽だけは死の空洞に流れ続けるのではないかと思うと不思議な気がする。

ためしに男は起き上がってドアを押してみた。やはりそれは開かない。

フルスタンベール広場……桐の花

ある夕方、サン・ジェルマン・デ・プレ教会の裏の広場を訪れた。広場と言っても瀟洒な建物に囲まれた小さなロータリーである。一画にドラクロアのかつての屋敷とアトリエがある。中心に古めかしい街灯と高い桐の木が立っている。五月の爽やかな空気に身を包まれてしばらく佇んでいた。街灯が仄かな明りを次第に増してくる。ふと気づくと何かが傍に落ちてくる。拾ってみると萼から離れた円錐形の紫色の桐の花である。さらに気を付けていると、花が円錐形のままくるくる舞いながら落ちてくる。

随分昔のことだ。今眼を閉じると、無数の薄紫の花が雪のように僕の周りに降ってくる幻想に捉われる。初めてのパリ訪問だった。

春のパリにはマロニエが咲き誇り、桐の花に注目する人は少ない。品格のあるマロニエに比して桐はちょっとだらしないお転婆娘のようでもある。シテ島にある花市場や小鳥市場を覆っているのは桐の木だが花が咲いていていても誰も気にしない。

パレ・ロワイヤルの横の出口の先に、パリで最も古いといわれるパッサージュ・ヴェロ・ドダがある。店はほとんど閉じている。古い床のタイルが外の光を微かに映し、誰もいない店のアンチック・フランス人形が黙ってこちらを見ている。その入り口に大きな桐の木が立っている。その満開はまだ見ていない。

パンテオンの裏のムフタール通りは古くから若者や観光客でにぎわっている。十九世紀の小説にもよく出てくる。二つの大きなカフェに囲まれてコントルスカルプ広場がある。ヘミングウェイがここが好きで終日座っていたと「移動祝祭日」に書いている。広場の真ん中の三本の桐についての言葉はない。夕方になると穏やかな街灯が灯り、若者たちの弾んだ声が響く。満開の桐の花が彼らを優しく見下ろしている。この近くの部屋でヴェルレーヌが死んだ。彼は酔っぱらってこの花を見たことがなかったのだろうか。詩にはない。

パリ市内の東北の小高い丘にビュット・ショーモン公園がある。あまり手入れのされていない自然のままの花々が魅力的だ。展望台に上ると、すぐ目の前にサクレ・クール寺院が見える。

あたりを見下ろしていると、モン・マルトルの丘の下の通りが、長い美しい紫色の雲に包まれて浮かび上がってくる。咲き誇った桐の花の街路樹の並木なのだ。

酔芙蓉

……

酔芙蓉

「後ろ足が少しおかしいみたい」

ベランダで洗濯物を干していた妻が言った。

そういえば、いつもなら庭から上がってきて足元にじゃれつく犬が、今日は庭の隅に座って自分の足を舐めている。庭を歩いていた時、後ろ足がガクンと折れて引きずるようになったらしい。

「もう歳からいって、そろそろ寿命かな」と私は答えた。

貰ってきたのは十二、三年ほど前になる。子犬だったが今では犬年齢では老年なのだろうか。それでも中型犬で我が家の立派な用心棒だった。妻の寝たきりの同居の母が亡くなって、淋しがっていた妻が飼い始めたのだった。私も妻も七十歳になろうとしていた時だった。

俺たちが死んで犬が残っても周りが困るだろうと言っても、死ぬ時期は同じくらいでしょうと妻は気にしなかった。確かに私はまあまあ元気だし犬が後に残ることはなさそうだ。ただ妻は血圧と心臓の薬を常用しているが急なことにはならないだろう。

犬の名前はロンと言った。最初の日は怖がって小屋から出てこなかったが、空腹に負けて翌日からは餌を貪り食って庭を走り回った。私は庭の雑草をそのままにしておくのが好きだったので、ロンはその中を走ったり雑草と戯れたりした。春の陽を浴びて、庭の巴旦杏の小さな白い花が散る中で、はしゃぐ犬を見た妻の嬉しそうな表情が忘れられない。犬の庭での放尿が肥料になったのかどうか、年毎に巴旦杏や柿の実が大きくなり美味しくなった。

最初は妻が毎朝散歩に連れていったが、仕事を辞めた私が日に二回散歩に行くようになった。夏は朝早くと夕方、冬は寒い時間は避けた。酷暑が続いたり雪の寒い日が長くなると散歩を休まねばならなかった。そんな時ロンは朝食のパンをやっても口にくわえたまま食べようとせずに、こちらの顔をちょっと見てぽとりと口からパンを落として小屋へ引っ込んだりした。何か言いたそうな表情が見て取れるだけ面白かった。その不貞腐れた態度に妻とともに笑ったものだった。

妻は犬好きで、対話する時のお互いの嬉しそうな表情はほほえましかった。妻は室内で飼いたいと言ったが私は反対した。匂いと毛の散らばりが嫌だった。暴風雨と特に雷を怖がったロンをその時だけ部屋に入れた。するとソファに寝転がっている私にじゃれついてきて顔を舐めたがった。また台所へ食べ物を探しにいったり、夫婦の寝室に入りたがった。雷が鳴ると庭に向いている私の机の下に潜り込んで震えた。

散歩で住宅街を抜ける時は登校中の小学生と並んで歩いた。ロンも子供たちと馴染んで顔見知りも出来ていた。その先は小さな公園で、休日にはソフトボールをしている子供たちと出会った。夏の公園は蟬が多かった。ロンは蟬が好きだった。草むらに落ちたり力なく飛ぼうとする蟬を見つけると飛びついて食べた。近くの家からピアノが聴こえてくるとそちらへ顔を向けるのも可愛かった。

それから大きな池に出る。片側は新しく切り開いた住宅地だが、まだ自然の雑木が池の周りに多く残っている。毎日歩いていると季節ごとの花々を知るようになった。名前を知らない白い花が木立いっぱいに咲いた。まばらに菜の花やコスモスや姫百合を池の斜面に見ることがあった。

私が気に入っているのは山藤だった。鮮明な紫ではないが遠目にぼんやり紫が木々を這っているのは五月の朝夕にふさわしかった。ただその頃は藤の蜜が好きな熊蜂が多くて困った。まるで偵察をするようにあたりを飛ぶ。時には目の前を飛ぶ。こちらから仕掛けないなら大丈夫ですよと教えてくれた人もいた。

池を見下ろして並んだ屋敷が二軒とも薔薇を育てて競い合っているのも面白かった。五月にはそれぞれは見事な色とりどりの二軒分の薔薇の林になった。ただ隣の家はそれを皮肉るようにガレージのそばに質素な花を植木にしているだけだった。ある時聞くと「利休梅」と答えてくれた夫人は質素で美しかった。

池の縁のところどころに吉野桜や山桜や八重桜が続けて咲いた。秋には金木犀が匂って地面に散った。冬は山茶花がまた地面を真っ赤に染めた。私が好んだのは、晩夏の頃の酔芙蓉であった。二本だけしかなかったが、朝の散歩の時には純白の花が朝露を吸って輝くようだった。そして夕方には薄いピンクを通りこし紅になって醜く萎んだ。

結局私は十年以上もロンとこの散歩を続けたことになる。そのためか私の足腰は健常だった。それに比して妻は疲れたと言って時々横になった。体も縮んでいくように見えた。

ロンの食欲が減っていた。後ろ足を引きずるようになって、昔ほどの喜びようがなくなったので散歩は日に一度にした。次第に息が荒くなっていくようだったが、それでも苦しそうではなく、妻や私を見る目つきは普通の日々を送る安心感に満ちていた。値段の少し高い上等の缶詰をやったがあまり食べなかったのでいつものに戻した。ある日タクシーで妻と一緒にロンを連れて動物病院に行った。

「フィラリアですね。犬はほとんどこれにかかります。心臓に寄生虫が住みついたということです。どうしますか、治療して苦しい思いをさせて少々長生きさせるか、このままで毎日を送るか。こうなっても犬はいつも通りに甘えて過ごしますよ、でも寿命ですね」

獣医の言葉に妻が何も答えないのでその顔をうかがうと、じっと唇を噛んで涙を流していた。そしてこのままで最後まで可愛がって死を見届けてやろう、というのが帰りのタクシーの中の我々の結論だった。


あれほど好きだった散歩へ行きたがらなくなった。散歩紐を見せてもじっと見ているだけになった。最高級の缶詰にも見向きもしなかった。小屋の前に腹ばいになって荒い息をするだけになった。しかし見上げる表情はそう苦しそうでもなかった。今まで怒りや喜びや不満の感情は表情で見て取れたが、この苦しさには何の表情も見せなかった。舌を長く出してハアハアと息をするが表情に変化はない。普通の顔が私には不思議だった。自分の運命を知ってじっと待っているのかしら、と妻が悲しそうに言った。

「こうやって、俺たちがこいつの死んでいくのをじっと見守ってやるのかな、それしかできないし。そして目の前で骸《むくろ》になる。命とはそんなものなのかな」

そう言った時、妻が涙目で私を見た。しまったと思った。眼底から心臓の奥まで鋭い亀裂が走ったのを感じたのはその瞬間だった。忘れていた悲しみが蘇った。長い間封印してきた苦しみだった。妻もそうだったに違いないが、二人とも何も語らなかった。

結婚して二年目に子供を授かった。もう六十年近く前だ。小さな借家での三人の幸せな平穏な生活だった。冬の寒い長雨が続いた日、赤子が風邪を引いた。熱があったが冷たい雨の中を病院に連れて行く方が心配だった。車もない時代だった。市販の薬でなんとか熱を下げようとしたがある深夜赤子の息が激しくなった。何度もひきつけを起こした。私はどうすることもできなかった。この真夜中に母屋に電話を借りに行くか、だがどこに電話をするのか。妻は子供の名前を狂ったように繰り返し呼びながら抱いてさすっている。息が速く大きくなり、ゆっくりになりそして止まった。短い時間だった。妻は慟哭して名前を叫んだ。しかし結局はただじっと見つめていることしかできなかったのだ。

餌もわずかしか食べなくなり、水とミルクを少し飲むばかりになった。妻の要望で部屋に入れることに私は今度は反対しなかった。時々は庭へ出たがったが殆どはじっと座って、相変わらずの喘ぎとちょっと嬉しそうな表情を見せるだけだった。特別に苦しそうでもなく平静な眼でこちらを見上げている。

「久しぶりにロンにピアノでも聴かせてやるか」

私は冗談風に妻に言った。

中学校の音楽の先生をしていた妻だが家にピアノはなかった。退職間際になって小さなピアノを買った。時間を持て余すようになるかもしれないと私が勧めた。家も小さいながら一戸建てを買っていた。

小さなグループのコンサートでピアノを弾く彼女を見たのが初めてだった。六十年前である。曲はショパンの夜想曲二十番嬰ハ短調。何日もその曲が頭から離れなくなって私は彼女に恋をしているのに気付いた。その曲の印象を詩に書いて彼女に送った。見も知らぬ周りの男たちに嫉妬を覚えるようになって私はあわてて結婚を申し込んだ。それからは子供の死の傷みを時間をかけて封印すると、平凡な日々が続いた人生だった。妻の退職と同時にその母親が脳溢血で倒れ、長い入院の後、我が家にやって来た。半身は不随のままだった。言葉も思うようには出なかった。私は嫌ではなかったので一緒の生活が始まった。ただ母親がピアノの音を煩がるので、妻の演奏を聴くことがなくなっていった。

三人と一匹の家族は静かなものだった。妻は母親の介護が日常で、私も長い間開いていた司法書士の事務所を後輩に譲って、時々手伝うことで満足だった。ロンとの散歩が大切な仕事になった。春の陽だまりで昼寝をしているロンを見ると妻はわざわざ私を呼んでその平和な眠りを見せて、嬉しそうに微笑んだ。そして母親が亡くなっても彼女はあまりピアノを弾かなくなった。夜想曲は思い出だけになった。

何年前のことだったろう。ある晩春の夕方であった。私はソファに座ってぼんやりと庭を見ていた。巴旦杏の小さな白い花が風に舞っていた。ロンを貰ってきた日が思い出された。ロンもベランダに寝そべって眼だけをこちらに向けている。母も亡くなって妻も手持無沙汰だった。平穏なこんな時間が私は嫌いだった。嬉しいことよりも悲しいことが先に思い出される。絶えず呼びつける母を煩がり叱る妻もいた。雨の時期は母のポータブルトイレの臭いが家中にこもった。私も仕事を辞めたばかりだったので少し淋しかった。それでも静かないい時間だった。

「ちょっとピアノでも弾いてみないか」

私は妻に聞こえなくてもいいと思うほど小さな声で言った。彼女は何も答えずに弾き始めた。曲は夜想曲二十番。「遺作」として知られる曲だった。

初め私は幻聴だと思った。いきなり白い花が大雪のように晩春の曇り空から降ってきた。曲に合わせてロンが唸っていた。というより鳴き始めた。それはいかにも悲しげな遠吠えになった。曲が続くとその声はますます深い悲しみを帯びて流れていった。長く引きずる悲嘆の響きに耐えられず妻は手を止めた。何がそんなに悲しいのか。彼にしかわからない心の奥底の悲しみがあるのか。私も鼻の奥に涙が滲んでくるのがわかった。それ以来彼女は再びピアノを弾くことはなかった。

わずかのミルクと水だけがロンの食事になった。部屋の中で一日を過ごすようになった。腹ばいになって苦しそうな息を続けるロンを間に置いて、体をさすってやるのが私たちの日課になった。ロンは普通の表情で時々こちらを見上げる。

「こんな風にして、看取るのかな。お前の母親もこんな風だったな」

子供のことは思い出さないように数年前に死んだ妻の母親の話になった。ある日大量の血を吐いた母親は胃癌と診断された。そしてちょうど空いているからとホスピスを勧められた。二人に異存はなかった。九十五歳を過ぎていた。延命措置も不要だった。病院は近く、妻は毎朝顔を出し、私は夕方妻と二人で出かけた。母はいつも眠っていた。時折目を開けると、こちらを見て微笑んだ。そんな時顔を近づけてわっと言っておどかすとまた笑った。しかしそれもだんだん感じなくなっていった。ある夕方、医師が入って来て寿命ですねと言った。その夜は泊まって二人で母親をじっと見続けた。看護師が痰を取りにくる以外は静かな寝顔だった。言葉は何もいらなかった。夜中を過ぎた頃妻がソファに寝ている私を起こした。母の息が苦しそうだった。急に小刻みになっていったがどうしようもなかった。二人でただ見つめるだけだった。私半身不随の上体を時々起こしてもらってベッドに座っている我が家での姿が思い出された。私が傍に行くと嬉しそうに微笑むのが常だった。しかし今それを思い出してもそう悲しくはなかった。スーッと自然に息が止まった時私は看護師を呼びにいった。

ある夕方妻がピアノを弾いた。ロン、ピアノを弾くよ、と妻が声をかけた。何年ぶりだったろう。ロンの悲しげな声を聞くというよりも、まだ生きているうちにその感情を慈しんでやりたかった。その耳がちょっと動いた。喘ぎながら聴いているのがわかったが、もう鳴き声は聞こえなかった。力がなくなったのだろう。床に顔を着けたまま表情は変わらなかったが、その眼の中に悲しみが光ったように見えた。妻はピアノをやめて泣き出した。

「こうやって、俺がお前を、いやお前がおれを見つめるのかな、どちらかが死ぬ時に」

「いや、私が先に死ぬからじっと見つめて頂戴」

二人の会話も自然に落ち着いてくるようになった。

ある日妻が、これからしばらくロンの傍で寝るからと私に言った。私に異存はなかった。妻の布団の傍で眠っている姿はそんなに死が近いとは思われなかった。妻はロンの体をさすりながら眠った。私は別室で寝た。

ある夜その姿を見にいくとロンは妻の布団に入って寝ていた。薄明かりをつけたままの部屋だった。私は軽い嫉妬を感じて自分で可笑しかった。まだ結婚する前、勝手に見知らぬ男との妻の寝床を想像して激しい嫉妬に陥ったことを思い出したのだった。それからの妻とのささやかな喜びと悲しみの人生。そして哀しくなった。これが俺の人生の全てだったのだ。妻はこうしてじっと見るとかなりの老婆だ。頭髪も蜘蛛の巣のようにまばらだ。頬もこけて萎れた果実のようだ。それでもまあまあの人生だった。どちらかがどちらかを見つめて看取っていくのだ。それは安らかなことだろう。


そろそろ準備をしなくてはならない時だった。ペットの始末をどうするかの経験がなかったので市役所に電話をした。引き取りに来る市の委託業者がいるらしい。担当者は親切だった。

「衣装ケースのようなものに入れて運びやすいようにしてください。少しは何か入れてもいいですが、あまり多くならないように。土日は休みですから電話は出ませんので、臭いがしたらドライアイスなどで冷やしておいてください」

私は衣装箱を買いにホームセンターへ一人で出かけた。なぜか気持ちが弾んでいた。いつもはちょっとしたことでも妻と出かけるのだったが、最近の妻は疲れたと言ってなかなか布団から出なかった。最後までロンの傍にいて世話をしたいのだろう。だが買う段階になってどのくらいの大きさがロンに合うのかわからなくなった。こういう時妻は大きさを計ったりしていつもぬかりないものだった。私は大きめの物を買った。小さすぎるよりいいだろう。

家に帰るとまだ妻は寝ていた。ロンも蹲って布団の中にいた。私は一瞬どちらがどちらなのかわからなかった。私の頭は急に混乱した。玄関のベルが鳴った。品物を届けてくれたのだ。いつも来訪者には吠えるロンだったがさすがに薄目を開けるだけで反応はない。妻が起き上がったがその姿を見て私はギョッとした。痩せこけて虚ろな日をした寝巻姿は犬の毛で被われていた。

衣装ケースは確かに大きかった。妻は気にせずに毛布やお菓子など入れてあげましょうと言った。ロンを入れてみるかと言ったが、まだ可哀そうだからと妻が反対した。

「お前、ちょっと入ってみるか」と私は言った。

「いやですよ」と妻が答えた。

その時何故私がそういう気持ちになったのかわからない。

「入れ」と私は怒って短くいった。

体を丸めて横になった妻にはちょうどいい大きさだった。随分体が縮んでいるようだ。私は急に妻がいとしくなって頭を撫でた。

「お前の時は花をいっぱい入れてやるからな」妻は答えなかった。

その日の夕食は二人とも黙ったままだった。私はなぜか気持ちが昂揚してきそうな嬉しさを感じていた。二人だけのこの平穏な日々がいつまで続くかどうかわからない。しかし今こうしていることはなんと幸せなことだろう。箸を持つ満ち足りた感触。すぼんだ妻の口に吸い込まれ優しくかまれる白飯。電灯の光に輝く漬物の緑やトマトの赤。甘い味噌汁。静かだ。虫が鳴いている。

食事の後、そのまま布団に入ろうとする妻にまた衣装ケースに入るように命じた。彼女は今度は素直に従った。妻の格好を見ながらロンをどういう風に入れるかを考えた。花は何がいいかな、と私は床に頭を着けたままのロンに声をかけた。

「あなたは酔芙蓉が好きだと言ってたでしょう」と妻が言った。

私は一瞬ロンが答えたのかと思ってびっくりした。妻は眼を閉じたままだった。ロンの眠っている時の顔によく似ているように思われて私は眼をこすった。

翌日の晴れた朝に久しぶりにロンを連れて散歩へ出かけた。その足は軽やかだった。九月の空は透き通って微風も心地よかった。ただ感じる皮膚の爽やかさに比して頭の芯が痛かった。歩いていればよくなるだろうと私は思った。登校中の子供たちとも出会った。しかし顔見知りの子は寄ってこない。私の顔を不思議そうに見ている。久しぶりなので忘れたのか驚いているのか。池の傍まで来ると痛みはとれたが、今度は痺れのようなものが広がってきた。季節の花々が一度に咲いているように見えた。過去の花々の印象が思い出となって一斉に浮かんできたのだ。酔芙蓉の純白が一番綺麗だった。だが近頃は夕方に赤くなって萎んで醜くなる時が一番好きだった。何日も歩かなかったせいかひどく疲れた気がした。やっと家に着くと私の息は上がっていた。

「いやあ、久しぶりに歩いたら疲れたよ。ロンも疲れたかな」

迎えに出た妻に私は言った。

「どうしたんですか、寝巻のまま、ロンはここにいますよ」

妻が言った時、私の頭は混乱して何が起こったのか全くわからなかった。


最後の時が来た。ふらふらと起き上がったロンが庭へ出た。舌を長く出してちょっと座ったが、部屋から見ている私たちに気づくとまた戻ってきた。そしてそのまま横になった。腹が大きく波打っている。舌はさらに長く出てそのまま垂れ下がっている。半目を開けているがもう何も見えないのだろう。体が何度も痙攣する。妻は優しく名前を呼んでやっている。頭をさする。そして痙攣が収まった。それが死だった。妻はもう泣かなかった。流れ出た体液を拭いてやって布団をかぶせた。もうちょっと一緒に寝てあげますからと妻が言った。

私は電話をかけに行った。都合よくそちらを回りますから、一時間くらい後になります、と係りが言った。十分に準備はできる。

私は池まで約束の酔芙蓉を採りに行った。急がねばならない。棺を白い花でいっぱいにしてやろう。しかしもう昼過ぎなのだろうか。萎みかけていたので沢山は採れない。二本でも花びらは僅かだった。通りすがりの人が不審な顔で私を見ていたので、こんにちはとこちらから声をかけた。少ないと思って、赤くなりかけた桜の落ち葉をポケットに入れた。音がして砕けたようだ。あとはどうしようもない。新聞紙で埋めることにしよう。花屋は遠い。

ケースの底に新聞紙を敷いて骸の上に毛布を掛けた。最後にと頭を撫でた。まだ少し暖かみが残っていた。私は一瞬妻を看取っている錯覚に陥った。その上に僅かの花びらを撒いた。それは赤く萎れて丸くなって転げ落ちた。顔にハンカチをかぶせた。ケースが壊れないように紐で強く縛った。

ちょうど一時間後に迎えが来た。冷凍車のような大きな白い車だった。二人が重そうに運んでいった。二人は顔見知りだった。私は少ないと思ったがそれぞれに一万円を握らせた。二人は驚いた。

車が行ってしまうと私は安らかな気持ちになった。玄関に戻って妻に声をかけたが返事がない。おおい、終わったぞともう一度大きな声を上げた。それでも反応がない。部屋にもいない。妻はどこにも行くはずはない。私は不思議な気がした。

緑の花

……緑の花

「一」

歩く時、足元がはっきりしないというか、歩き方の調子がうまく取れないというか、そんなことを急に意識し始めたのはつい最近のことだ。足が別に痛いわけではない。老人特有のことなのだろうと思い始めても何の慰めにもならない。階段が急に怖くなった。段の一番下が暗闇に見えることもある。

私は日々弱っていく自分の体を憐れみ、老人の繰り言を楽しむために、自虐的にこの手記を記すわけではない。

心配していた通り、ある夜風呂場で足を滑らせて足首を捻挫した。鋭い痛みだったが、温めれば痛みも和らぐと思って、揉んでみた。少し楽になったが、夜中に激痛で眼が覚めた。その激痛が動悸を打っている。動悸は足首から心臓に達し脳髄を切り裂いた。

私の好きなオーストリアのある作家が、怪我か病気の痛みに耐えきれずに自殺したという話を思い出した。平常はまったくその気配はなかったのに急なことだった。ストイックな静かな男だった。そういえば芥川も、日々痔の痛みに悩まされていたと聞いている。人間が自殺するのは心の痛みだけではない。肉体の痛みはもっと耐えられないのではなかろうか。

幸か不幸か私はその痛みに朝まで耐えた。今になって考えると、その耐えぬいたことに何かの意味があるかどうかわからない。

風呂で揉んだという話をすると医者は怒って言った。骨折とひどい内出血をおこしている。暖めるのではなく、冷やさねばならない。その場で入院だった。ギプスを巻かれ、何種類もの薬を投与されベッドに固定された。

私は長い間一人暮らしだった。朝夕の散歩と、洗濯、食事、滅多にしない掃除、そして読書。一日はすぐに過ぎた。

読書は一日に一冊の本を読むことを続けてもう十年以上になる。一カ月分が溜まると他人にやるか捨てる。たとえばこの入院生活で読んだ本は二十冊。手当たり次第で脈絡はない。三万円を渡して看護師に頼んで買ってきてもらった。

『発光する生物の謎』『忘れられない人　杉村春子』『にっぽん雀のしぐさ』『日中戦争史』『父の遺言』『老年一年生』『なんであんな奴らに弁護が出来るのか』『あの会社は何で潰れたか』等々、

一定の方向はない。習慣だけだった。

ベッドでは何をするでもないただの老体である。口から物を入れて排泄するだけの日々。雑学が身についてもそれを使うわけでもないし何の意味もない。長く不治の病で臥せっている感覚の繊細な青年が書いた文章が思い出される。彼も食事と排泄だけの自分の肉体が只の筒のようだと感じ、それでいっそう自分の命の愛おしさを語ったのだった。

今私は、一日中、読書以外は天井の蛍光灯とベッドの間の自分の周りの空間を見つめるだけだった。虚空だけがあった。時として音も聞こえなくなり、それが真っ白なペンキで塗りたくられたような気がした時、私は窒息しそうになった。

特に気負って言うわけでもないが、私はまったく不用の存在だった。世の中は私と全く関係なしに動いていく。その中で誰が私を心配するでもなく、私も誰かを何かを案じることもなかった。私自身にとっては自分の存在の意味と理由はわからなかった。いや正確にはそんなものは何もなかったのだ。欲しいものとてなく、ただ居るだけ。存在の喜び？　何を喜ぶのか。私は七十七歳になっていた。

私は何か犯罪を犯したいと長い間夢見ていた。それは決して愉快犯のたぐいではない。犯罪を通して社会とつながっていたいという思いが、無意識のうちにあったかもしれないが、私はその必要は感じていなかったと断言できる。犯罪で平穏な小市民を苦しめたくはなかったし、悲しむ彼らの家族を見たくもなかった。死闘を繰り返す暴力団員や希望を失い死にたがっている憐れな人を苦しめずに始末することを夢見たこともあるが、それはただの夢想に過ぎない。何か意味のある、とまでは言わないが美しい犯罪はないものだろうか。

私は自分が犯罪を犯し、激しい非難と侮辱を受け、厳しい懲罰を受けても、私の存在になんの意味も影響もないことを証明したかっただけだ。その時初めて私は自分の存在を身に沁みて感じるに違いない。

私の入院日数は伸びた。内出血の化膿はひどく、場合によっては足首切断か、と医者は私を脅した。私がべつにかまわないと言ったので、彼は不満げだった。苦痛に苦しまなければ命も切ってくれてもいい、と言いかけたが、彼を侮辱するようなので止めた。

その代わりに私の妄想は、敢えて妄想と言っておこう、広がった。

私は長い間、社会全般に怨嗟を抱いて生きてきたというわけではない。たとえそうあるべきだったとしても、私は敢えて忘れることにしていた。それはうまく行ったはずだが、代わりに自分の存在の意味をはっきり知ることになった。結論は自分の存在には何の意味も価値もないということだった。

私が人生に結論をつけてしまったのは今更ではない。しかし不幸ではなかった。もちろん他人に自慢するほど幸せでもない。堪え忍んできたり、諦めてきたわけではないが、長かったといえば確かに長かった。

私は醜い容貌をしていた。それは事故による怪我が原因だった。修復というか形成手術はしなかった。理由には外的要因が確かにあったが、私は自分自身の意志として形成を拒否したのだった。

初対面の人は一瞬驚きの表情をするが、すぐに目をそらし、そのあと自分は何も感じていませんとでも言うように、こちらの眼を見る。しかしおそるおそる目を向けているのはすぐにわかる。私に動揺はない。慣れてしまっていたし、その分私の方が力関係では上にいる。お互いに何か影響を及ぼしあうとしても、私は何も受けないが、相手が受けた影響がいかに大きいか想像できる。私が他人から受ける物は何もない。悲しみや、怒り、憎しみもない。このことについて述べ始めるときりがない。また紙面を割くことになるかも知れない。

「二」

それでも青年の頃の私は元気だった。はっきりした目的はないにしろ希望に満ちてはいた。

大学で文学部の東洋史を専攻していた。西洋文学や哲学ほどややこしくはないだろうというのが理由だったし、中国に興味はあった。紅衛兵はまだ騒いでいない頃だった。

何かで見た数枚の写真が忘れられない。支那服を着た若い男女二人が公園の木陰のベンチに座って語り合っている場面だった。女性の可愛らしさ、青年のすがすがしさ、涼しげな公園が私の心を揺さぶった。異国への憧れをそそるものだった。

また数枚の香港の夜景には興奮した。原色のネオンに輝く熱気に満ちた下町の通り、裏町の貧しい住宅と人々、不夜城の高層ビルの灯り。動乱と革命と虐殺の歴史は、そこに必ず妖艶な女性が傾城を誇り、また悲劇の闇に消えていった。そして淫靡な笑いでそれらを冷視する底辺の民衆がいる。芳醇な料理まで猥雑な味がする。どれも人間の欲望をすべて叶え、吸収する神秘に満ちていた。

一人の中国人女性を先生にして中国語を勉強するグループに私は入った。彼女は北京生まれでまだ二十歳だった。六人ほどのグループは皆ある程度の基本を勉強していたから、その女性を中心にして語り合うだけの集まりだった。彼女は小美《しゃおめい》と呼ばれていた。少し高めの流暢な北京語の発音は意味を正確に捉えなくても聞くだけで心地よかった。いくつかの言葉を聞き取ると、すべてが理解できた気になった。白い歯と整った可愛い唇の間からちょっとでもその舌がのぞくのを想像するだけで、私は自分の口内が一瞬乾くのを覚えたものだった。

終戦少し前に中国人男性と結婚していた母親は小美を生んだ。日中国交正常化で、多くの残留孤児が故郷を探しに帰国するその先駆けで、市役所が世話をしたようだった。彼女は帰国したばかりで私たちが最初の友人だった。日本語はたどたどしかった。それも魅力的だった。素顔でも素朴な可愛さがあったが、次第に化粧も上手になり綺麗になっていった。時折いい香りもした。

仲間は性格のいい若者ばかりだった。自称共産党員の男はかなり流暢な中国語を喋った。中小企業の二代目や、サラリーマン、アナウンサーなど、私は彼らを懐かしく思い出すがこの手記にはあまり関係ないので省く。

市のはずれのその商業地区は戦後は闇市から始まり、発展とともに今では明るい建物が並ぶようになり人口も増えた。店じまいをした後も、通りは灯りが消えなかった。しかしそこを離れると途端に薄暗くなり、戦前からの倉庫や得体の知れない雑居ビルが並び、人は迷子にでもならない限り、決してそこに足を踏み入れることはなかった。その先は工場排水が垂れ流されたままの運河が、靄のようなものに覆われて横たわっている。

そこに「緑の会館」というよく正体のわからない木造二階建ての建物があった。玄関を入ると真ん中に階段がある。二階は講堂といくつかの小部屋の会議室があり、いつでも入ることができた。だが私たちのほかに見かけた人はいないのに、いつでも明々と電灯が点いている。グループはそこで週に一日集まって中国語を勉強した。その後、喫茶店や安い食堂に行くのも楽しみだった。街中ではあたりかまわず皆ではしゃいだ。山歩き、海水浴、花見など季節ごとの遊びも楽しいものだった。

小美はいつも朗らかで、グループでは笑い声が絶えることがなかった。授業の合間に踊りを見せてくれることもあった。長く均衡のとれた四肢はのびやかに美しかった。その頃流行り出した中国新歌劇の「白毛女」の踊りだった。地主に痛めつけられた少女が山に隠れ苦労するが、やがて革命軍とともに立ち上がるという劇だった。小美はきれいな声で歌った。

北風那個吹　雪花那個飄　風巻那個雪花

下手な日本語で毛沢東の悪口を言ったり、北京の自慢話をするのにも何の屈託もなかった。共産主義の制度がそんなに自由とは思われなかったが、北京の日々は楽しかったという言葉を私は信用した。私よりわずかに歳が上だったので、私を弟のように扱った。彼女の私生活を想像するとちょっと胸が痛くなったりしたが、私は彼女の魅力に特別な感情を抱かないように自分に言い聞かせていた。

ある夏、小美と母親が一カ月ほど北京へ戻るということで、グループの集まりも休みになった。私も北京へ行きたいと言ったが、当時は簡単に許可は出なかった。私は若気の至りで、じゃあ香港にでも行ってみるよ、と仲間に告げた。皆は笑ったが私は本気だった。旅費は安くはなかった。


私の生い立ちをここで少し述べたい。

五歳の私は母の連れ子で今の父のところへ来た。もう物心がついていたので私は父に馴染まなかった。

そこには父の先妻の娘がいた。私の三歳上だった。彼女は私が来たのを喜び可愛がってくれた。私はままごとの相手をさせられ、本を読んでもらうのが好きだった。そのまま炬燵で二人が重なり合って眠ったことも多かった。そんな時ふと目覚めた時の幸せはいかばかりだったろう。しばらくは同じ布団で寝ていたが、それを禁じられ離された時はまた悲しかった。私は生きていることさえ厭わしくなった気がした。私は彼女の賢そうな眼と額が好きだった。また傍にいる時の柔らかな体と匂いと空気が好きだった。

これらの体験が私を二十歳過ぎるまで他の女性に興味を感じさせなかった原因なのは間違いない。初恋などという甘いものではない。姉は十歳の時に突然死んだ。原因は幼い私にはわからなかった。泣き悲しむ大人たちに混じって私も泣いた。私はまだ死というものを理解できなかった。そこに姉はいるではないか。眠っているだけではないのか。ただしばらく遊んでもらえないというのが悲しかっただけだった。

大人たちが忙しそうに立ち回っている時も私は姉の傍を離れなかった。突然起き上がるのではないかと思っていた。あたりには誰もいなかった。私は姉の顔を見たくなった。白布をとるとはっとするほど美しい死に化粧の姉の顔があった。眼を開けてくれと私は祈った。そして好きだった額に唇をつけた時、なめらかな薄赤い唇が眼に入った。私はそれを吸った。後ろに人の気配がした。あわてて白布をかぶせて知らぬ顔をしていたが、気のせいか誰もいないようだった。再び私は甘美な時間に浸った。

父は姉の死が母のせいだと責めた。その都度母は泣いた。私は父を憎み避けた。私の秘事を見られたのではないかという怖れがあったし、またそれをいつまでも持ち続けねばならない屈辱もあった。私の成長とともに父は私を嫌い、私もさらに父が嫌いになった。

私はあまり家に帰らず、食事でも父とは顔を合わせない時間を狙った。母は私を助けたが、父には従順だった。他に行くところはなかった。父は私の大学も授業料の安い国立ということでしぶしぶ了承した。小さいながら店を構えて商売をしていたので、貧しくはなかったはずだった。私の小遣いは、母が父を手伝いながら商売の金を少しずつくすねて貯めたものだった。

母親のへそくりと私のアルバイトで旅費は調達できた。

香港で本物の中国の神秘の一端を味わってきた。自惚れで自信過剰の私にとってこの時が、人生の最高の高みの時ともいえる。香港は広東語らしいが、北京語は通じるに違いない。私は何の物怖じも感じなかった。

もちろん初めての異国の地だった。そして地面に足を着けたその一瞬からの数日間を思い出しても、現実の私の経験とは未だに信じられない。

夢のようだとか感動的な思い出などというほどの軽いものではない。私は現世を覆った皮を切り裂き、裏の世界に引きずり込まれたのだ。以来私の人生はその宿命から未だ抜け出していない。

まず人の群れと熱気に圧倒された。種類の違う東洋人の顔が珍しく、不思議だった。そして街にこれほどの西洋人が溢れているとは。群集は顔中を口にして大声で喋り続け、老人若者女たちは身振り手振りで忙しく、大蒜と煙草の匂いを吐き出す。もう秋だというのに、彼らの息で街中が蒸し暑い。捨てられた塵が饐えた匂いを放つ。珍しい煙草の臭いがそれらに混じって漂うが、なぜか心地よい。波打つような人ごみに翻弄され自力では歩けない。

無数の建物が空間を埋め尽くし、様々な店の看板が頭上に犇めいている。ネオンが点灯してもそれは点滅しない。空港が近いから禁止されている。それらの隙間から覗くのは遠くに見える摩天楼。無数の白色光が静かだ。大理石造りの豪華な飯店が路地を遮る。その先は迷路、一歩路地に入るとそこは闇だ。獲物を狙って誰かの眼が光を抑えて待っている。

食堂に入る。菜譜を見てもわからないので適当に指差す。脂ぎった料理と客の喧騒。食べ滓を床に捨てる。見るだけで満腹になる。

顎のない奇妙な顔の男がついてくる。脂が溜まった眼で真剣にこちらを見つめる。そして手を出して何か言う。いつまでも離れない。急ぎ足で逃げてもついてくる。小金を地面にばらまいて逃げる。

美しい女性も見かける。九龍半島から香港島へ渡るフェリーに颯爽とハイヒールで乗り込み、夜風に髪をなびかせながらじっと対岸を見詰めていたスーツ姿。彼女の生活を想像してみる。高層ビルの最上階の部屋。古い中国の調度品に飾られた部屋からは街の夜景が見える。絹の部屋衣に着替えて、窓辺の彼女が口にするのは年代物の葡萄酒だ。

まだ昼間というのに一人の白人が酔ったように壁に寄りかかりながらふらふらと歩いている。満足気な呆けた薄笑いを浮かべて、遠くを見ているが焦点は合っていない。気がふれているのか、東洋の甘い底なし沼に引きずり込まれたか。阿片に毒されたのだ。

この街は群集が作っている。人間一人一人が欲望にまみれて群集になって渦巻いている。欲望の歴史しかない。

新聞を見てみる。裏一面を老若男女の顔写真が占めている。行方不明者たちだ。子供や若い女は売られ、裕福な老人の死体は海にさえ浮かばない。毎年千人を超す行方不明者たち。

私の北京語は何も通じなかった。そして人間の匂いに圧倒され香港自体を何も知ることはできなかった。だが毒を含んだ熱気が私の体を麻痺させ腐らせ始めていた。

最後の夜だった。氾濫する原色の光の中で私は迷子になっていた。女衒が寄ってきた。了承すると私は高層ビルに案内された。階段を何階も昇った。次第に内部は薄暗く狭くなっていった。このままこの世から消えてしまった人間が何人もいるはずだが、私は身の危険を感じる感覚を失ってしまっていた。踊り場にはごみが放置されたままで臭い。開かれたドアの中を覗くと、家族が食事をしている。テーブルを囲んで子供と老人と母親だろう。みんなが持っている箸は長い。ごく普通にこちらを見返す。私はふと安心する。

部屋はベニア板とカーテンに仕切られた灯りのない小部屋に分けられている。カーテンを開けるとまず窓から夜景が見えた。相当高くまで昇ってきたようだ。ネオンの海の中に巨大な暗黒の塊が居座っている。薄黄色の電灯がところどころについている。日ごと成長する不法の迷路、年ごとに深まっていく謎の深淵、世界最大の貧民街の集合建造物、九龍城だ。犯罪者が逃げ込めばもうそこは安全地帯。警察も入ることはない。

木のベッドには下着姿の女が横たわっている。私は顔を見ないでまずその肌に触れる。それはざらざらしている。まだ少女のようだ。次に荒々しく髪を掻き揚げてその顔を見た時、私は愕然とした。それは小美だった。

それが錯覚だとわかってもしばらく私は呆然としていた。

一カ月が経った約束の日に私は「緑の会館」へ出かけた。薄暗い界隈に建物は相変わらず明るかった。私はいつもの部屋で早めに来て待った。小美に会える喜びと、香港の思い出を仲間に語る嬉しさで待つ時間が長かった。だが時間になっても誰も来なかった。日にちを間違えたのだろうと思って私は帰るしかなかった。

しかし翌週も次の週も誰も来なかった。不思議な気がした。私を嫌って仲間たちが別の場所へ変えたのか。いやそんなはずはない。夢を見ているのではなかろうか。仲間たちも香港も幻影なのか。焦りと奇妙な出来事に私の頭は混乱した。

私は誰の連絡方法も知らなかった。名前を呼びあうだけだった。和子さんは、ハーツ小姐《シャオジェ》、岡本君は、ガンベン同志《トンヂ》。市役所に電話して小美親子のことを聞いたが、どの部署もわからないと言うばかりで、たらい回しされていつの間にか電話は切れた。共産党の事務所に電話をしても岡本君らしき男はいなかった。私は毎日夕方になると会館へ出かけた。界隈は誰も通らず、会館はいつも電灯で明るかった。

二週間経って私はついに諦めた。何が起こったのか理由などは考えなかった。その代わり芽生えてきた小美への想いが次第に胸を塞ぐようになっていった。それは苦しかった。

夜毎街を徘徊することが私の日課になった。「緑の会館」から商店街を抜けて、若者の集まる通りを歩き、飲み屋街からついには色町まで足を延ばした。あたりを見回しながらゆっくり歩いた。色町では女衒の老婆たちが私を取締りの警官と思って逃げた。私は学生証を見せ中国人の若い女性を知らないか聞いて回った。

人気のない路地から路地へ私はさまよった。闇からさらに闇へ歩いた。小さな灯りをつけた居酒屋があると必ず寄ってみた。小美がそこにいて笑顔で私を迎えてくれる気がした。いつの間にか冬になっていた。小美は少しでも私に好感を持っていただろうか。彼女の形のいい唇が思い出され、四肢が目の前で踊った。凍てついた道路をゆっくりとこつこつと歩くのは辛く悲しかった。

現実と夢の間で私は生きていた。食欲が減り風邪をひくと意識は朦朧として何も考えられなくなった。それでも私は歩いた。

ある雪の夜だった。会館の灯りは雪にきらめいてあたりをほんのり照らしていた。その灯りで私は初めて会館の横の建物を見ることが出来た。古い汚れた煉瓦造りは倉庫だろうか。会館の壁に隠れて狭い階段がある。見上げてみると踊り場に淡い常夜燈がついている。入り口には「貘」という字が板切れに書かれてぶら下っている。動物の貘とワインが彫られている。温かいものでも飲もうと私は階段を上がった。

入り口は狭く、酒瓶が詰まった両側の棚の先にカウンターがあった。黄色の灯りの下に小柄な老人がいた。乱れた少ない白髪と短い髭も白い。

私を見るとコップを拭く手を休めずに、中へ進むように顎で示した。小学校の教室ほどの広さで天井は低い。壁もコンクリートの打ちっぱなしで、壁いっぱいに大きな一本の雛罌粟のような花が描いてある。薄い大きな花弁を細い茎がやっと支えている。奥に目をやると私は一瞬涙が噴き出してくるのを覚えた。明るい舞台ではまさに懐かしい歌声が響いていた。

黒色的眼睛　少女的眼睛　鴉色頭髪　明瞭眼睛

小美だった。胸元を大きく開け、破れたスカートから太腿を露わにして踊りながら歌っている。昔より太ったようだ。三、四人の観客は中国人のようだ。私は動悸を抑えて座った。私は彼女の全身とその動きを目に焼き付けようと必死で見つめた。私はもうすでに老人のようだった。遠い昔の青春時代を懐かしむまさに老人だった。懐かしさは私の最後の力をも奪い取るほどだった。私は椅子に崩れ落ちながらも、強い酒を何杯も飲んだ。

夜も更けて客が帰ってしまうと私は小美の部屋へ入った。部屋は一人住まいの女性の質素な部屋だった。ベッド、鏡台、炬燵。石油ストーブは点いたままで、何かを煮ていた。甘い匂いで食欲をそそられた。豚足と生姜を砂糖で煮込んでいるの、昨日から。私は匂いだけで少し元気になった。

彼女は私との再会をごく当たり前のように振る舞った。再会をゆっくり味わえると思い、私も落ち着いていようとしていた。彼女はすっかり大人びてさらに美しくなっていた。首筋から顎にかけての白い肌をちょっと目にするだけで私は胸の痛みを抑えきれないほどだった。

その真ん中に形のいい瑞々しい唇があった。耐えきれずに私は眼をそらした。口内が渇き、声が出なかった。

私たちは中国の強い酒と豚足の生姜煮込みを味わった。とろりとした、嫌味のない甘さが口に広がるとそれはすぐに全身に浸みこんでいった。君をずっと捜していた、と言おうとしたが声にならなかった。小美も仲間たちのことは何も喋らなかった。日本へ再帰国して母親が急に亡くなったということだった。それを聞くと私は寛いだ気持ちになった。これからずっと自分は彼女に付き添っていかなくてはならない。この気持ちを伝える機会を待つだけだと思い、やっと落ち着くことが出来た。

部屋は暑かった。私はガラス戸を開けベランダに出た。部屋はちょうど舞台の裏側だった。鉄の椅子とテーブルがあった。雪は止んでいた。星は見えなかった。眼の下を運河が流れていた。暗い対岸にも倉庫のようなものが並んでいる。溝の匂いの中に海の匂いも感じられた。

鉄のテーブルは固かったが心地よかった。うとうとしかけた時、小美が前に来て座った。長い煙管を左手に持っている。私は煙管をとって吸った。小美の唾を舐め、懐かしい煙草を思い出した。

彼女は豪華な牡丹の刺繍をしたハンカチに包んだ小瓶をテーブルに置いた。小瓶の中には緑色の透明の塊があった。あたりは薄暗いのにそれは緑の炎のように燃え上がって光っていた。私は美しさに息を飲んだ。それが花であればどんな濃厚な香りを放っただろう。

「これを削って煙草と一緒に吸うと、とても気持ちがいいの。やってみる？　阿片なの」

両腕の付け根の筋肉が急に盛り上がるのを感じた。気持ちが高まり私は叫びたくなった。じっと座っていられなかった。両脚の筋肉も硬直し、私はベランダの床を蹴った。テーブルをけ倒し私は飛び上がった。両腕は巨大な翼になっていた。私は暗黒の夜空をしばらく彷徨った。

やがて眼下に香港の夜景が姿を現した。クリスタルの林のように乱立する摩天楼が白く透明に輝いている。その根元には色とりどりの宝石がぎっしり詰め込まれている。それらを押しのけようと大理石の壮麗な宮殿の水色の壁が競うように膨らんでくる。次第にそれらが混ざり合い毒々しい渦になろうとしたのを見た時、私は墜落の危険を覚えて目を閉じた。その瞬間夜空が裂けて光り輝く天空が現れ、私はそこに吸い込まれるようにさらに高く舞い上がった。

爽やかな夏の朝であった。窓は開け放され、風が吹き込んでくる。大きな板張りの部屋の真ん中にベッドが置いてあって、そこに懐かしい姉の死体が横たわっている。相変わらず眼は閉じたままだ。薄化粧でさらに白くなった額が乱れた前髪の間から覗いている。私は悲しくはなかった。それは崇高な姿であり、触れてはならない神聖な畏れであり、私はむしろその死を一人占めできる喜びに奮えていた。私は何時間もベッドの傍に跪いて姉の顔を見詰めていた。もう口づけする必要はなかった。微かな死臭はいかなる香水よりも甘美なものだった。

窓からはずっと先まで続く草原が見えた。爽やかな緑に溢れている。夏の強い陽を浴びていたが暑くはなかった。あくまで静かだった。これは夢ではなく現実なのだと思うと涙がこぼれてきた。私は何もできない、何も感じることもできない、ただじっと夏の光を見詰めているだけだ。ただここにいるだけの存在だ。それで満足なのだ。

そしてさらに美しい夏の夕暮れが訪れてくる。薄い薔薇色の空が遠い山の輪郭を現す。山の麓は湖水地方だ。一つ一つの湖水も、薔薇色の空を映して仄かに燃え上がっている。やがてそれも夕靄に包まれようとしていた時、微かなトランペットの響きが遠くで鳴った。音楽会の始まりだった。盛装した男たちと着飾ったドレスの聴衆たちのざわめきが、弦楽の鋭い音色で止んだ。音色は甘いヴィオロンに変わり、物悲しい物語を奏で始めた。あちこちですすり泣く声が起こり、さざ波のように広がっていった。

そしてすべては闇に消えようとした時、私は一人浜辺を歩いていた。朧月夜だった。打ち寄せる砂浜の波が私の裸の足を濡らした。海は優しくすべての人間の故郷だった。深い海は漆黒の彼方へ続いていた。そして波は飽くことなく何度も打ち寄せる。

闇の中へ目を凝らしていると、波頭の一つ一つが見えてきた。打ち寄せる無数の波頭が私を見ている。それは無数の顔になっている。紅潮した怒りの顔、襲い掛かる復讐の顔、罵る憎しみの顔、理由のない怒号、だが声はない。

恐怖に目を閉じようとすると波頭の顔が、少し静かになるが、それは苦しみに歪み、悲痛な悲しみに震え、泣き叫び、そして呪いの表情になって私を見つめる。私は打ちひしがれて許しを請う。私は理由のない罪に問われている。水飛沫は私を一瞬だけ見詰めすぐに消えていく。

後は静かになる。それは絶望の後に残る無気力の安らかさだ。それでも波頭は相変わらず顔になって繰り返し襲ってくる。一つ一つが卑猥な笑いや、嘘泣きの声や、愚かな醜い表情で私を誘惑する。私はそれらを一身に受け入れ、呆然としたまま立ち尽くす。私は引き返す波にさらわれ沖へ流される。水平線はどこまでも遠く、やがて暗黒の雲に押しつぶされる。疲労の果ての安らぎに陥っている私を海の深さと温かさが愛撫する。私はさらなる快感を求める。私は淫靡な秘め事を想像する。もっと愚かになりたい、恥ずかしさを味わいたい、人々からもっと激しい屈辱を受けたい。おのれを貶めて、醜悪のどん底に身を潜めることは気だるく心地よい。女のすすり泣きのような、忍び笑いのような声に私は誘われその方向へ流されていく。無感動に無気力に私は陥ったまま、満ち足りた気持ちでただ、だらだらと涙をこぼしている。海は自らを更なる深淵に向けて広げていく。

目覚めたのはもう春も近い頃だった。窓の水滴の光でそうと知れた。外は明るかった。空腹が満たされ、冷たい水がのどを甘く潤すのを感じるようになって、私は医者の話を聞いた。私は防波堤の端で発見された。防波堤を越えていたら体ははるか遠くへ流され発見までは相当の時間がかかっていただろう、と医者は言った。溺死寸前だった。微かに心臓が動いていた。そして若いことはいいことだ、強いから、それに運がよかった、これは偶然だと付け加えた。二カ月以上も私は意識を失い生死の境をさまよっていた。

若いことは強い、と医者は言った。確かにそうだった。しかしその強い若さは私の過酷な時間で費やされてしまった。

目覚めてからも私の顔の半分は感覚がなかった。包帯をとると、鏡の中には醜い年寄りの顔が、私の面影を残してはいたが、あった。左の顎と頬骨が完全に潰れ陥没していた。そのため口も左へ引きつけられ、眼窩は落ち込んでいた。そして顔全体が小さくなっている。醜い老人の顔だ。私は感情の高ぶりを抑えた。これを受け入れるしかない。母は泣いていた。

医者が形成の手術を勧めたが父は金を出さなかった。私は悩んだがそこで腹を決めた。このままで行くと私は居直った。傷が定着すると不自由はなかった。家でも私は父を避けなくなり、進んでその前に顔を出した。

退院後歩けるようになって私はすぐに「獏」へ行ってみた。その界隈は再開発のため大工事が始まっていた。倉庫街と商店街は大きな長いアーケードに生まれ変わるとの事で、二年ほどは立ち入り禁止だった。私はすべてを夢として忘れることにした。小美も忘れた。夢に過ぎなかったからだ。

私は学校でも顔を隠さなかった。親しい友人たちにはわざと見せた。私の顔を見る初めての人の反応は楽しいものだった。新しい友人はできなかった。古い友人も減っていった。

こうして私の性格は変わってしまったと思う。

それから五十年あまり、結局はそれでも誰もが歳をとればそうなるように、顔が小さくなり歪み醜くなった。同じことだった。

「三」

人は私に同情し憐れみ、優しく扱おうとした。最初から私を負け犬のように見て接した。私は不敵な笑みでそれに返したが、不敵さは伝わらず笑みにはならなかったようだ。

私は卒業後は市役所に就職した。民間企業が無理なのはわかっていた。地方公務員上級試験に一番で合格した。誰にも文句を言わせないように一番で合格することが必要だった。それからの試験には全て一番で合格した。誰にも私をいい加減に扱わせないためだった。

それからの三十八年、役所と自宅が私のすべての世界だった。

私は仕事を確実に遂行した。一度たりとも失敗はない。ただ私と組んで喜んで仕事を進める同僚はいなかった。友人もいなかった。上司は気づかれまいとしながら私を敬遠して避けた。

仕事の正確さと速さと手順の良さと、あらゆる試験の成績の優秀さは誰もが認めていたので、私は次第に不遜に傍若無人に振る舞うようになった。下の者の間違いは激しく叱責した。上司の過ちは遠慮なく抗議した。上司に嫌われて別の部署に配置転換されても気にはならなかった。むしろ変な人事をすると却って、その上司の偏見と器量が疑われるだけだったろう。

昇格試験で一番をとるのは易しくはなかったが、私は努力した。それで位は上がったが、次第に役所の中央からはずれていった。もちろん、組織の中央にいて出世しようという気はなかったが。あまり役人に喜ばれない部署に配置されるのは仕方のないことだった。

ある時、比較的人徳者の上司（そう思っていた）が私に、家柄のいい娘さんだ、と見合いを勧めた。私が家庭でも持てば性格も少しは温和になるのではないかと思ったのだろう。私は了承して彼女を受け入れた。小柄で色の黒い醜い女性だった。上司は私の醜さに釣り合うと思ったのだろう。それがいかに人を侮辱していることか理解できないのだろう。だが私とでなければ、彼女は結婚は無理だろうとも思われた。似た者同士で、彼女にも異存はなかったはずだった。

家事はまめにやり、時間が空くと庭いじりをするくらいの、言葉の少ない女性だった。庭の小さな花畑を大切にしていた。

妻は贅沢もせず、ほとんど外出はしなかった。話すことも少なく、私は退屈だったが、最初から期待はしていなかったので落胆もなかった。無口な上に感情もあまり表さなかった。また私の我儘も無理強いもすんなりと受け入れてくれた。

自分の醜さを知ってその笑みも決して美しくないと思っていたのだろう。それでもある時私がちょっとした冗談を言うと、その口元がふと緩んだこともあった。決して魅力のある微笑みではなかったが、私は少し気持ちを動かされた。またチョコレートが好きで私に隠れて安いものを時々食べていた。私に隠す必要はないのにその遠慮が少し可愛くなった。魅力がないといっても、体は成熟した女性だった。私は人格は別にして最初はその体を荒々しく扱った。そして激しく愛撫する日々が続くと、彼女を愛するようになった。醜さも黒さも愛嬌になった。私の醜さを彼女がどう感じていたかはもうどうでもよかった。いとしい妻になった。平穏な生活が続いた。数少ない他人とのつながりも疎くなっていった。幸か不幸か子供はできなかった。

定年で仕事から離れて十五年が過ぎた時、妻は死んだ。胃に大きな癌が出来ていたと医者が言った。彼女はいつも私の健康を気遣ったが自分の体の不調を口にした事はなかった。私は悲しかった。旅行など一度もしたことがなかった。街に出て贅沢な買い物をしたこともなかった。しかし私たちは食卓を囲んで観るテレビの世界の風景や物語だけで、どんな旅行よりも楽しい旅を味わった気がしていたのだ。

七十七歳を迎えた時、私の心の奥底の扉の箍《たが》が外れた。突然の妻の死だった。それを想像したことはなかった。だが、悲しむ時間も過ぎた。一人の淋しさも当たり前になった。欲しいものはなかった。妻以外に接した人間もいなかった。生きていることに意味を感じず未練もなかった。私はただ単純に死ぬことを考えた。しかし自殺するにはもうエネルギーがなかった。これ以上の不幸があろうとは。私は悲嘆にくれた。

　私の幻想は膨らむばかりになった。平和な世の中を嫌っているのではないが、それに亀裂を入れ歪めさせる犯罪が私の焦点になった。私は何か世の中に背いて、悪事を働いてみたくて仕方がなかった。先に述べたように単なる愉快犯とは違う。人が傷つき悲しむのでないなら、犯罪は大きくあればあるだけ魅力があった。また私が糾弾されても、私の存在に何の影響、何の不都合もないということを発見すると嬉しくなった。私の手でそれが行われれば、私の存在はさらに意味なく消え去ってもいい。

　長い間一日に一冊の本を読むのが日課だった。結末がまとまっていようと渾沌のままであろうと、その本の内容の逆を行えば必ずそこに犯罪は達成される。私は昔からそのことを無意識のうちに知っていたのではなかろうか。そう意識してから日毎の一冊は面白くなっていくばかりになった。

　ある一冊が私の過去を強烈に蘇らせた。私の運命を決定づけた過去だった。『阿片吸飲者の告白』という十九世紀のイギリス貴族の書だった。彼の学者としての知識と恋の物語が美しい文章とともに語られている。私はあの冬の寒い日々、小美を探して街中をさ迷ったのを思い出した。あの陶酔の時をくれたのは小美だった。私はひと飛びで五十年を越えて、そこへ帰ったようだった。今こそ私は小美の胸の中か、あの運河の暗さに何の躊躇もなく飛び込んでいける。

まさにそれこそが至福の時だ。もう何十年も足を踏み入れたことのない懐かしい街の通りが浮かび上がってくる。

私は何冊も阿片に関する本を読んだ。『オールド上海阿片事情』『魔窟大観園』『支那奇譚阿片室』『十九世紀阿片逸聞』『満州国警務総局保安局極秘文書』。中国の本が多かった。何枚もの阿片窟のモノクロの古い写真や書かれた報告書はおぞましいとしか言いようがなかった。命の価値などどこにもない、ひとときの悦楽に比すれば、何もない。希望のない下層民が体液を垂れ流して廃人になって行く様は陰惨で憐れで、これ以上ここで述べることはできない。

一方では、金満家の中には自分のためだけではなく、接客のためにも自宅に阿片室を備えたものもいたらしい。阿片室は豪華な装飾で埋め尽くされ、烟管（煙管）や烟灯（阿片を溶かす灯り）は珍しい玉を彫って作られている。横たわる烟台（寝台）の上質の黒檀の彫刻は見事なつくりである。壁や天井の絹布に描かれた鮮やかな花や山水や人物は新しい金の刺繍で縁どられている。さらに快感を求める者にはそこに女体を侍らせる。やがて彼らも他と同様に恍惚のうちに廃人となって滅びていくのだろうが、この上ない満ち足りた贅沢な世界だ。

一九三〇年代の上海の南京路には烟館（阿片吸飲所）が軒を並べていたと書いてある。「眠雲閣」「龍園」「逍遥楼」「万華楼」「郡芳花萼楼」「四海心平楼」「明園」「奇園」など五十軒以上が、それぞれの屋号を掲げて風格もあり、中は煌々と輝き精美を極めていた。烟台は何台も並べられている。阿片を吸うものは烟台に横たわり袖で煙を払い、烟霧を吐き恍惚としている。娼婦や烟婦（阿片を詰める女）がにこやかな笑顔であたりを行きかう。それらを睥睨しているのは大抵は老いた女主人である。

しかしそれらは私の欲するものではなかった。私は小美との最後の時間を思い出していた。暖かな部屋と甘い食事の後、お互いの唾のついた煙管を交互に吸いながら、意識を失っていくのだ、恍惚として。

人知れず私は運河に流され遠い海の彼方へ運ばれるべきだった。発見された私は魚に食い荒らされてもう見分けはつかない。

ニュースで大麻や覚醒剤で捕まる若者の映像を時々見るが、それらと私の場合は区別されるべきだった。私の場合は純粋の阿片でなければならない。あの透明のまま燃え上がる緑色でなければならなかった。私は自宅で罌粟の花を育ててみようと夢想したが、その伝手《つて》をどう探せばいいか思案はなかった。妻が大切にしていた庭の花畑も荒れてしまっていた。

私の結論は一つだった。もう一度小美を探すこと。私の胸は躍った。小美を愛するためではなく、小美から甘美な死を貰うためにだ。

再び夜の街を徘徊することが私の日課になった。二十代の頃が思い出されたが、私はその感慨に耽ることはなかった。私のこの老体を忘れるべきではなかった。私は恍惚の死を求めるのだ。秘かにだ。誰も気にさえしないかもしれないが、秘かにということが必要だった。

老人には将来の希望や欲望を満たしたいという欲求があるはずがない。希望はない、眼前にあるのは死だけだ。死に様だけだ。希みがあるとすれば死に方を選択したいということだけだろう。どうあるべきかを決めて、その死に向かうことが残された老人の最後の意志だ。

私は市内のはずれに住んでいた。毎日一冊の本を読み終えた夕方、私は市内バスに乗った。住宅街を過ぎ市内の高速道路に入る。倉庫群の先に海が見える。時折その先に夕日が落ちる。太陽を覆った雲が燃え上がる時もあれば、静かな空に巨大な真紅の夕陽が浮かんでいる時もある。私は思い残すこともなく、幸せな気分で満ち足りていた。

街は大きく変わっていた。五十年も経てば当然のことだ。商業地域は二百メートルのアーケードに変貌し、華やかなショウウインドウを煌めかせている。もう一本の通りは食堂街で甘い香りを通りいっぱいに充満させ、二階のバルコニーからは若々しい笑い声が降りかかってくる。その中心の広場の椅子には若い母がリラックスして座り、子供があたりをかけ廻るのを見ている。時間が来ると壁の大きな仕掛け時計から人形が姿を現し、挨拶して時間を告げる。

私はそこに長居はしなかった。場違いだった。ただ、妻を一度でもこんな所へ連れて来たらひょっとしたら喜んだかもしれないと思うと、涙が滲んだ。

昔の「緑の会館」はどのあたりかさえ見当もつかなかった。

かつての徘徊の日々を出来る限り思い出してその通りを歩くことから始めた。昔より混雑している大きな通りは建物が変わっていて目安になるものを見つけるのが大変だった。しかし、路地に入ると昔と全く同じで変わっていなかった。腐れかけた板塀の家はそのままだった。苔むした石垣の館は蔦の絡まる様まで変わっていなかった。小さな庭の植木で家を隠すようにしてひっそりしていた民家はそのままだった。ぶら下った裸電球の街灯も同じだった。私は不思議な気がするとともに安心した。誰もがひっそりと生きてきたのだ。私も仕事以外は数十年そうだった。ここの住人は私と同じ死期を迎えているのだ。

私はついその一つの呼び鈴を押した。だが家人の出てくる気配を感じてすぐに逃げた。懐かしい場所がそこにあった。

女衒の老婆たちが立っていた小路はけばけばしいネオンをつけたホテルに変わっている。もう老婆たちはいない。あたりの洒落た小料理屋の看板は和紙に墨で描かれていた。和やかな雰囲気を醸し出している。背広姿のサラリーマンたちと女性たちが談笑しながら通り過ぎる。清潔な楽しい時間なのだ。性風俗の店は今は明るくなってその先に沢山連なっている。

時として知っている顔とすれ違うこともあった。私はいかにも用事がありそうな歩きかたで通り抜けるのだった。

あれから五十年以上たっても、小美がどこかにいると私は本当に信じていたのだろうか。懐かしい街角に立つと、ふとそこに小美が現れる気がした。初めての路地に入ると、その先の薄闇には間違いなく彼女がいるはずだった。まだ雪が残っている小路や、凍てついた車道を彼女は歩いてくるはずだった。ただほんの数歩先の角で彼女と行き違ったりしていないかと思って焦ることも多かった。

立ち寄った小さなおでん屋の湯気の向こうで微笑んでいるのは小美のはずだった。そしてどこかの雑居ビルの隙間に細い階段が私を誘い込むはずだった。「貘」と書かれた木の看板はまだ目に焼き付いている。

ある時ちょっと足を延ばした時、街灯もないひっそりした通りの隅に私は一つの食堂を見つけた。「R国薬膳料理屋」と書いてある。R国は南アジアの小さな国だが、国民は柔和で平和な国として知られている。国民はアモノムという茶を常飲し、それが一種の麻薬的な作用を及ぼし国民が柔和であるのはそのためだ、といつか読んだことがある。

中に入ると、五、六人の丸刈りの男たちが大声で喋りながら、鍋を囲んでいる。大蒜と薬草の臭いが蒸気に混ざって蒸し暑い。口を大きく開けて食べたり飲んだりする顔は皆同じに見える。食卓も床も食い滓で散らかっている。壁の椅子に眼のつり上がった給仕の少女が座っている。誰も私を気にかけない。

私はまっすぐ厨房に行った。そこの主人らしきものに、ごく普通に声をかけた。声は震えてはいなかった。ただ夢のような気がした。私は、「罌粟の種」はありませんか、と言ったのだ。料理服と同じように白い顔の小太りの主人はにこやかに、ちょっと待ってと言って、奥に入ると紙に包んだ固いものを持ってきて私に握らせた。外に出て確かめるとそれは五百円硬貨だった。私は何故か嫌な気はしなかった。

徘徊することは義務でも使命でもなかった。習慣というより、わが老年の小さな希望だった。前途に何もない老人にとって、小さなものであれ希望という意味は、たとえ身体の危険に出会うとしても、何ものにも代えがたいものだった。その希望が甘美な記憶に飾られているならなおさらだった。

十一時が最終バスだった。バス停の前のオフィスビルの上に月が昇る時、私はいつも満ち足りた気持ちで眺めるのだった。また明日もこの月を見るだろう。その次もその次も、そして小美にも会えるだろう。

雪の深い夜だった。その日は妻の命日だった。私のこの五十年で本当に深く私とかかわってくれたのは妻だけだった。その妻とともに私の五十年の人生も消えていったのだ。何も残っていない。私はふとその気になって妻が好きだったチョコレートを買いたくなった。

アーケードはきらびやかで、行きかう人々には笑顔が満ちていた。だが不思議なことに音が全く耳に感じられない。醜い老人の私を誰も気にはかけていないだろうが、私は雑踏をかき分けるように逃げ足で急いだ。やっと見つけた店に入り、安いチョコレートを包装してリボンで結んでくれと頼むと、若い女性は微笑んで応えてくれた。私は昔妻にチョコレートを買ってきてやったことがあるような気がして、幸せな気持ちになった。私の満足のいく終末の始まりだろう。

アーケードを抜けると途端に暗くなった。狭い石の舗道の横を運河が流れていた。懐かしい運河だった。対岸には記憶にある倉庫群が闇に包まれている。運河の先を見ると闇の奥に海が感じられる。雪が一層激しくなるが黒い水面に静かに消えている。懐かしい甘い感傷に、唾が喉の奥に滲んだ。そこに人知れず流されていく自分を想像すると気持ちよかった。それはもう決定されたことに思われた。

荷受け用の岸壁の石段に寒さに耐えてしばらく座っていた。闇が揺れているのか川面が揺れているのか私が揺れているのか、眩暈を感じて立ち上がった時、アーケードの隙間に細い階段があるのに気付いた。見覚えのある階段だ。私は緊張した。動悸が激しくなった。看板はない。覗いて見上げても暗くて何も見えない。留められた鉄の鎖を跨いで上がることに躊躇はなかった。

上り切って薄い板のドアを開けるとそこは別世界だった。雪は降りしきっているが積もってはいない。あたりを見渡しても市内のビルの明かりもない。足下のアーケードの温もりもまったく感じられない。そこは異郷の街の広場だった。

雪明りの奥に真っ白な建物があった。近寄ってみると入り口は色鮮やかな天女が彫られている。雪を払うと「眠獏閣」と書かれた屋号が豆電球の光で読める。扉を開き、もう一つの室内ドアを押すと床は大理石のようだが音はしない。小さなカウンターがあり、そこで薄い白髪の老人が顎で私を奥へ促す。短い白髭の顔は見覚えがある。中は仄明るい。眠気を誘うような優しい温かさが全身を包む。両側に三つずつ朱色のベッドが置かれ、中央に据えられた水琴窟が細いうっとりする音を奏でている。阿片の甘い香りに誘われるように私は奥へ進む。薄絹の簾の中に化粧の濃い女性がいる。懐かしい安らかな匂いがする。女主人だろう。私は何も考えずにチョコレートを手渡す。すべてが終わったという安堵感に急に力が抜ける。女が口を開く。

「やっと会えたわね」

それは小美だった。

R共和国奇譚

……食虫花

毎年この晩春の頃になると私は憂鬱の極みに入りこむ。生暖かい夕風が首筋を撫でていったり、急に冷気が背筋を走ったりすると、最初は苛立ったりしてもすぐに諦めと悲しみに落ち込む。腹立たしさをぶつける相手もなく、その力さえ消えてしまう。投げやりの心地よさが、わけのわからない哀しみと相まって、迫ってくる夕闇に沈んでいく。花の香りがかすかに漂ってくる。どの花かわからない。ずっと昔に心をくすぐった匂いだ。懐かしさが蘇ってくるが、これからはもう拒否するだろう。理由はない。敢えてそうしたい。

名前を覚えようとは思わないものの、放っておいたままの庭の花が次々に咲いては散る。片隅の残雪が消えると木々の根っこに、どこから飛んできたか水仙が何本か花を開く。古木の梅が小さな花をつけても目立たない。山茶花の花びらが散り、巨木から音を立てて椿の八頭が音を立てて落ちる。鳥が驚いて飛び立つ。夏には赤い小さな実を付ける細い木が白い花を散らす。巴旦杏の白い花が空をおおう。すぐに散るが初夏には無数の実は熟し腐れ地面や屋根に落ち、鴉の大群に襲われるだろう。古くなった大枝は折れたままだ。辛夷が小鳥になって曇り空へ飛び立つ。桜花が散ると庭が薄紫の敷物におおわれ時折舞い上がる。八重桜が猥雑さを誇るころには、背の高い桐の樹はもの哀しい紫の花の雲に包まれる。山梔子の甘ったるい匂いに惑わされずに対峙するには無気力に自分を貶めねばならない。

それらの花々が無彩色のまま網膜の表面を通り過ぎていく。縁側に座って庭をぼんやりと見つめる。広い庭の隅から薄闇が次第にこちらへ向かってくる。少年の頃の春愁とは違う。そこにはまだ見ぬ愛や向上への夢と不安があった。だが今の私には、仕事を辞めてからもう何年経ったか覚えていないが、まさに何もなかった。眠気はまだ救いになる。書斎に流しっぱなしにしているピアノ曲がかすかな音で伝わってくる。誰の詩だったたか、「おお薔薇《そうび》、汝病めり……」という一行を思い出す。

また、詩人ボードレールが緑色のオピウムをくゆらせながらうっとりと外を眺めている様を想像する。桃色のマロニエの花々の先にゆったりとセーヌ川がながれている。また清朝末期の阿片窟で、金満家たちが死への道を夢心地で辿る至福の時を羨ましく思う。たちこめる紫煙にどこからともなく射し込んでくる数条の薄い光は天国からの誘いだろう。

もし私にそれを得る機会があれば、すべてを投げ打ってもいい。私はこの世に何も未練はなかった。生への執着はなかった。私の存在を気にかけ心配するものは誰もいなかった。

父母が住んでいた屋敷は古くなり壊した分だけ庭が広くなった。私はそのまま荒れるに任せていた。蓄えは十分にあり生活には困らなかった。週に三度ほどお手伝いの老婦が来て世話をしてくれるだけで不便はなかった。望みは何もなく、日々はただ退屈だった。酒と音楽とかつての仕事を趣味で続ける日々だった。憂鬱ではあったが絶望しているわけではなかったので、自死は考えなかったが、死の想念はいつも消えることはなかった。いつでも瞬時にその時が訪れるのであれば悔いはない、あるいはだらだらと快感と安らかさに包まれてその時を迎えるのであれば。しかしそれを考えることは面倒だった。そして、これが悩みといえるかどうかわからないが、全身まったくの健康状態だということだった。六十歳を何年か過ぎただけだった。

ある明け方、眼の前の闇に牡丹の白い花弁が幾重にも急に開いたのを見た時、私は夢精した。かつてはこの家に様々な女性が出入りして性に不自由なことはなかった。ある者は去っていき、あるものを私は拒んだ。そして今はそれらは途絶えて久しく、また誘うことも面倒になっていた。気晴らしに街へ出て、しかるべき方法で処理すれば済むことだった。

そんなある日、一通の手紙が届いた。R共和国大使館からだった。その国とは何年か前にある仕事を手伝ったことがあったが、その後の交流は何もなかった。開けると「不思議の旅へのお誘い」とあり次の文面が目に留まった。

「今年は八十年に一度のペルセウス座の大流星群の年です。二千年前の古代中国の将軍が三個の赤い流星を見て変事を占ったという伝説のものです。高原のわが国ではその不思議の世界をまさに目の前で観察することが出来ます。また数少ない森林には美しい湖が点在しています。その美しさは眼の奥に焼き付いてみなさんを清冽な思い出に包みます。そこでは巨大食虫花を見ることが出来ます。またご希望者には鳥葬の秘儀にもご案内します。一週間のツアー計三十万円」

R共和国は日本ではほとんど知られていない、多数の部族で構成された山岳民族国家である。国境はチベット、中国、ビルマ（ミャンマー）に接している。領土はかなり広い。人口は三百万ともそれ以上とも言われているが定かではない。部族をまとめた長が、第二次世界大戦終了後の混乱時期にいち早く国の存立を宣言し、国連に加盟した。隣接の国は自国の混乱を収拾するのにいそがしく、R共和国の権利を拒否し争う暇はなかった。国家の長は昔イギリスで学を修め近代的な思想をもった人物であるということだった。その後永世中立国を宣言し東洋のスイスと呼ばれたが、日本との国交はまだ浅い。首都近辺は近代化しているものの大部分の地域は未開地の発展途上国である。この国についてはまたあとで詳しく述べる。

まず私の目を引いたのは、付記として書かれた「巨大食虫花」という文字である。虫だけではなく、大きなものは時には鼠や蝙蝠さえ捕えると書いてある。附録には民族衣装の数人が二十センチほどの筒状のものから何かを飲んでいる写真がついている。この花弁の蜜を吸っているらしい。また乾燥したそれを吊るして売っている店もある。器としても利用できる。

私の思い出は五十年以上前にさかのぼる。私は両親と三人家族で、父は仕事で月に一、二度しか帰らず、私に興味はなくただ顔を見ても黙っているだけだった。母は二度目の母で、着飾っては観劇や友人との食事で毎日出かけ、家にいることは少なかった。父よりももっと私には無関心だった。私は友人も少なく学校にも気が向いた時だけ行った。

広い屋敷には家政婦と私だけだった。彼女は若く明るい性格だったが美人ではない。眼は細く鼻も低い。ただ笑うと口が裂けたように大きくなる。最初は奇妙な感じがしたが、慣れてくるとそれが魅力になった。また口は大きいが形はよくいい匂いがした。それに頬や首筋を舐められるのを想像してうっとりすることもあった。私の性の目覚めと言ってもいい。少し太り気味だった。初めの頃は痩せていたが、主人のいない家での食事は好き放題でそのためだった。腰の周りは日毎に太っていくようだった。洗濯と掃除を済ませばあとは私の相手をするだけだった。そして庭いじりが好きだった。彼女が庭に植えた苗木が何本かは現在の庭の巨木になっている。庭木や花の手入れをして戻ってくる彼女からは汗に混じった花の香りがした。私はそれが好きだった。

　ある時、坊ちゃま、面白いのを見せましょうか、と持ってきたのはくびれのない瓢箪のような筒状の奇妙な花、それを花と呼ぶのかどうかもわからないが、薄紫のウツボカズラという鉢植えの植物だった。三、四本が鉢からぶら下っている。手入れはけっこう煩雑だったがそれは彼女の好みだった。部屋から出したり入れたり、水やりも適切でなければならなかった。私も彼女の指示に従うままに興味は増していった。そして私は彼女の話に興奮した。

「これはね、甘い蜜の匂いを出して蠅や虫をおびき寄せるの、虫たちは蜜をちょっとだけもらうけれど、足を滑らせてこの筒に落ち込む。この穴からは抜け出せない。そのまま花の中で溶けてしまう、花に食べられる。虫たちは多分いい気持ちよ。うっとりとして溶けていくの。蜜のいい匂いがしても絶対に舐めてはだめよ。坊ちゃまの舌が引き込まれて取れなくなって溶けてしまうから」

　それはある春の午後だった。庭は柔らかな陽射しを浴びて、土と肥料と花の香りに満ちていた。私と家政婦は縁側に座り蠅や蝶が飛んでくるのを待っていた。花に抱きすくめられて溶けていく虫たちをどうしても見たかった。虫を捉えた花は人が何かをもぐもぐと食べるように身を震わすのだろうか。昨晩の夕食の残りの煮野菜を鉢の前に置いていたがなかなか虫は飛んでこなかった。羽音はするがすぐに見えなくなってしまう。陽だまりの暖かさが私の意識をぼんやりさせ、もう眼を開けていられなくなった。私は家政婦の膝を抱いて寝入ってしまったようだった。

どのくらい眠ったのかわからない。庭の陽射しは消えひんやりと土の匂いがしていた。彼女はずっとそのままでいたようだった。下から見上げると彼女のもの哀しげな眼差しが感じられた。私は少し意地悪な気持ちになって、彼女に突きかかった。虫が来ないじゃないか、嘘つき、と私は言った。彼女は　坊ちゃま、虫は蜜をちょっとしか貰えないの、すぐに花につかまって閉じ込められてしまうから、それでよく見えなかったの。じゃあ、中を見せろ、と私は言ったように思う。

彼女は私の頭を膝から縁側の板へ移してちょっと撫でて立ち上がり、花の一つを切ってひろげた新聞紙に置いた。そして慣れた手つきで縦にすっと切り開いた。細い眼が優しく緩んだが、私はそれに残酷な光を感じてぞっとした。花の底には透明な粘液性の液体に数個の黒いものに混じって、蠅の羽だけを残した糸ごみのような残骸があった。気がつかないうちにダンゴ虫などもそこに吸われていた。丸いダンゴ虫は安心して眠っているように見えた。甘い腐臭がした。あるいは彼女の体臭だったのか。私は怖がっているふりをして彼女の腰にしがみついた。

私は知らなかったが、それは彼女が我が家の仕事を辞めて国に帰る前日だった。父母のいない屋敷だった。夜中に私のベッドに入り込んで来た彼女は私を裸にし、自分も裸になり長い時間私の全身をその大きな口で吸い弄んだ。私はこうなるのを予感していた気がして、なされるがままにその匂いに酔って朦朧としていた。翌朝彼女はもう居なかった。主のいなくなった鉢植えを私は地面に蹴落としてそのまま長い間放っておいた。それは枯れ、やがて鉢は空っぽになり転がったままだった。そしていつの間にかなくなった。

長じて私は大学で東洋文化史を専攻した。もう四十年近く前だ。専門分野に競争相手が少ないというだけの理由だった。将来への希望とかはなかった。やりたい仕事もなかった。他界した父は資産を残してくれ、母と分けても十分に残った。生活の面でも不安はなかった。

もともと読書は好きで、専門にした文化史で変わったものを知るのは趣味のようなものだった。退屈はしなかった。ヒマラヤ山脈の周辺には小さな山脈がいくつも並び、その辺りの少数民族の風習を調べたり、中国の古字やチベット文字や東南アジア文字も読んだ。読んだといってもどのくらい理解したか自分でもわからない。文献や資料も少なく、ある程度の他人の本を読むだけで、現地へ調査にいくなどという面倒なことはしたくなかった。

古本屋で珍しいものを見つけるのがもっぱらの学問だった。第二次大戦の前には日本軍のスパイが何人も中国奥地や東南アジア未開の地域の調査に出かけている。多くは現地で死んだか戦後は姿をくらましている。しかし秘かに調査報告書をまとめたりした者もいる。戦後すぐに出版されたものもある。

『忘れえぬ国　空中国家　R国の現状』という古本に出会ったのはそんな日々だった。粗末な薄い本である。下川伸一郎博士という著者の略歴は書いてない。大学の研究者というより当時のスパイの一人ではなかったろうか。出版の一九四七年はR国が国連に加盟した二年後、永世中立を宣言した年である。私はこの本ではじめてR国のことを知ったのだった。

その地域の中心になる力のある部族の長の息子が大戦前にイギリスへ留学して国の体制について勉強したのが始まりとの事だった。三年ほど経ってドイツがポーランドへ侵入して大戦が勃発すると、彼はすぐに帰国した。そしてまだ内戦の続く中国や、西洋諸国の植民地になっているアジアの国々と日本帝国主義の侵略の様子を観察して、各部族を説得と征服で共和国を創り上げた。だれもが世界の不穏な空気を察していたし将来への不安も持っていたので説得は大きな戦いを経ずにまとまった。彼の父の軍は強力であったので国の政治は任されたが、元首は各部族の三年ごとの持ち回りという法則に誰もが満足した。

特別にそこだけを専門としたわけではなかったので、いくつか興味をそそられる事項を覚えてあとは忘れていた。面白いところでは、博士が、ここは日本のルーツではないかと提唱していることだった。ある部族は日本人の顔とそっくりである。そしてなによりも家の造りが日本とよく似ている。権力のある者の家は畳敷きである。イグサとは違うが高原のよく似た草で作られている。部族のさらに小さく分かれた村には必ず中心に仏教寺がある。そして博士が最も驚いたのは彼らが少ないが文字を使用していることだ。その文字が万葉仮名とそっくりである。博士は伝承されている歌をいくつか示して、万葉集の歌と比較している。すこし無理なこじつけもあるように思われる個所も多いが納得できるものもある。また戦いをあまり好まず総じて文化的である。眼についたところでは人々はいつも口をもぐもぐさせている。ある特殊な高原植物の根を噛んでいるらしい。それは一種の麻薬だろうと思われる。それが平穏な環境を作り出している、と博士は結論づけていた。

私は卒業しても行くところもなかったので大学であちこちのゼミに参加して時間を潰していた。敵も作らなかったし毒にもならず珍しがられることもあった。いつの間にか希少言語の専門というレッテルで小さな居場所を貰った。一つには折に触れて協賛金や寄付を募る学校法人にいつもある程度の貢献を惜しまなかったためでもある。わずかながら給与ももらった。

ある会合でこのR共和国のことを喋ったことがあったが、それは失敗だった。ちょっとした気休めのつもりだった。参加者の一人からその発音について質問されると私は答えることが出来なかった。本の出版社はすでになくなっているし、下川博士の居所はわからない。とっくに亡くなっているだろう。こんな研究をしている者もいないだろう。いい加減にあきらめかけて電話帳を繰ってみた。するとそこに大使館があるではないか。すぐさま訪ねたのは言うまでもない。

新興ビジネス街のビルの合間にそれはあった。立ち退きをまぬがれたような平屋の民家だった。事務所は期待した通り畳敷きだった。出てきた男とは日本語よりも英語のほうが通じた。私より十歳ほど年上だろうか。そしてごく自然に親しみが感じられたのが妙に不思議だった。ちょっとした仕草が私に似ていると思うのは気のせいだったろうか。喋らなければ普通の三十代の日本人サラリーマンと変わらなかった。

残念なのはその時私は下川博士の本を失くしてしまっていた。大使との話は嚙みあわず印刷のあまり良くない英語の小冊子を貰い、少しだけ書かれたR国語を読んでもらうのが精一杯だった。意味は英語と照らし合わせれば理解できた。発音は期待に反して日本語との相関はあまりなかった。どちらかというとチベット語に近かった。近代国家へ変貌する意欲を表明した小冊子だった。雄大な自然の風景といくつかの近代ビルが写されていた。高原のあまり知られていない国に興味はわいたが、一度国へ来てくれという誘いにはその気になれなかったが嬉しかった。

二週間後に電話があった時には驚いた。仕事の頼みごとがあるとのことで、断る理由はなく私は出かけた。難しい仕事ではなかった。隣県のある小企業が作っている特殊な冷凍庫を十台ほど輸入したいということだった。その企業との交渉に立ち会ってくれという頼みだった。

相手の企業の社長の話によると、その冷凍庫は日本では値段も高いので少数の高級レストランでしか使用されていず、アメリカでは大手の畜産産業、フランスではかなり多くのレストランで使われているとのことだった。

普通の冷凍庫は物をただ冷やして冷凍し保存する。物は外側から次第に冷凍されるが、時間とともに組織細胞は次第に壊れていく。解凍した時には本来の味は損なわれている。この冷凍庫は一瞬にして全部を凍らせる。それゆえ解凍した時も以前の味をそのまま保っている。世界特許をとっている。

メカニズムは複雑なようで簡単である。物体に磁場をかける。たとえば肉の中の水の分子は磁場を受け、微妙な振動を続けるので庫内がマイナス数十度になっても凍らない。ある決めた温度まで下がるとそこで磁場を切る。すると瞬時にしてその物体は凍る。物体の全てが内部から一瞬に凍るので組織は壊れない。自然のまましかも長期間保存することが出来る。

国産の牧畜肉を輸出するためにはいい装置だ。質のいい肉の輸出は国の産業の柱となると大使は私に言った。出されたなにがしかの礼金を拒んで私は辞した。それ以来音沙汰はなかった。それでもいつでも会えるという懐かしいような安心感は消えなかった。

それから何年か経って今回の突然の旅行案内だった。数えてみるとあれ以来三十年くらいたっている。時折R共和国を思い出す事はあってもそれだけのことだった。ほとんど興味は失っていた。だが今回はある考えが閃いて、私はツアーに参加することにした。大学に籍を置いている時はいくつかの小論文を出したことはあったが、退職するや、あの人は何を研究していたのかという陰口が流れていたということを知った。覚えている下川博士の発見した（？）いくつかの事例を検証して、その後七十年経ったR共和国の歴史の発展を纏めてみたいと思い始めたのだった。日本とは国交があるにしろ、外務省の一部しか知る者もいないだろうから、ちゃんとした論文にすればある程度の価値は認められるだろう。なるべく先入観に捉われることがないように、私はネットとかで予備知識は持たないようにした。大使館から届いた簡単な旅程表だけを手元に置いて出発の日を待った。

指定された航空会社のカウンターに集まったのは、熟年夫婦の五組と少年をつれた物腰の優しい中年の女性だった。その二人を除けば、いずれも夫の退職後あちこちの国を旅行して、もういわゆる秘境しか興味がないといわんばかりの旅慣れた面々だった。初対面でも挨拶を交わしたり自己紹介をすることはなかった。しかし数日間一緒に食事をしたりするうちにある程度親しくなり、帰国して解散という瞬間は皆名残惜しそうに別れの挨拶をするのが常であることはわかっていた。

ただ私はその中年女性と少年が気になったので話しかけた。名前はヤンさんということで、果たしてR共和国の以前の大使夫人だった。私が会ったことのある大使とは年が離れているから、ちがうだろうが知っているには違いない。しかし私はその名前を忘れてしまっている。

十数年前彼女の夫は独身で来日着任した。そして日本人の彼女と知り合い結婚した。ヤン少年は二人の子供だが、五年ほど前に大使は急死した。ヤンさんは少年に夫の国を見せるためにツアーに参加したと言った。確かに旅程表によると四回飛行機を乗り換えねばならない。しかもそれは三カ国に渡り私の知らない地名もある。女性がツアーで行くのはうなずける。

少年は整った顔立ちをしていたが表情の変化は見せなかった。坊主頭で眼は細く顔色は薄薔薇色で上品さがにじみ出ている東洋の顔だった。その静けさは不気味にも感じられた。私は興味を持って話しかけたが受け答えが帰ってくるだけでちゃんとした会話にはならなかった。ただ仕草は日本人そのものであったが、その合間に異国の香りがするのが異様だった。異国と言っても下川博士の見解によるとそれはまた日本のルーツなはずだが。少年などと話をする機会などまったくない私だったので、それでも小さなことでも彼の気を引こうと試みた。私は自分の少年時代をヤン少年に映したいと思っていたのかもしれない。

一行は特別待合室へ案内された。がっちりした体格の女性のガイドが話し始めた。声は少し粗っぽい。

「時間がたっぷりあるのでR共和国について説明します。まずお茶を召し上がってください。

このお茶はR国の名産です。とてもおいしいので各国から輸入したいという要望がきていますが、まだ量産されていません。今後輸出することになると、多分世界各国で賞賛されるでしょう。今は中国の一部の省で飲まれ喜ばれています。一口飲むと疲れが取れ、二口目は嫌なことを忘れ、最後は夢見心地になります」

私は下川博士の本を思い出した。

「R国民は好戦的でなく温和である。それは一般人にはある高山植物の根を嚙む習慣があり、それが一種の麻薬のような効果をもたらすためである」

このお茶はその根を煎じたものではないか。私はちょっとした怖れが背中を走ったのを感じたが、すぐにあきらめた。ここまでくれば従うのもいい、従うのが面白い、いい経験だ、と結論づけた。

四月八日の花祭りで昔飲んだことのある甘茶の味に似ている。今ではその日に興味を持つ若者たちはほとんどいないが、少年の頃は釈迦の誕生日に近くの寺で坊主が杓子で汲んでくれる甘茶を飲んだものだった。満開の桜の花の下で春の陽を浴びて少年時代を過ごしたものだった。裸足で踏む寺の地面は柔らかくそれが懐かしく思い出される。しかし私はふと現実にはそんな経験はなかったような気がして不思議だった。私は通常の意識がだんだん減っていくのをわかっているつもりだったが、次第にそのお茶の効果、麻薬（？）の効果に心地よく沈んでいった。

「R共和国はまだ建国して七十年の歴史しかありません。十の部族が各県を治めています。それぞれが一応軍を持っていますが争いはありません。首都メチカは近代化され強力な軍と三権の権力を握っている人物が治めています。元首は三年ごとに各部族の長が交代し外交に当たります。永世中立国を宣言しています」

いつの間にかガイドの声は眠気を誘うようなメロディに変わっている。私の意識はぼんやりしていたが話の内容はよくわかる。

「今回のツアーで皆さんへ一番紹介したいのはペルセウス座の流星群です。宇宙のロマン、大自然の神秘を皆さんはすぐ目の前でご覧になれます。まず星が日本で見るのと全く違います。大きくて輝きが強力です。眼をすぼめると、手が届きそうなほど近くに浮かんで見える。周りを星で囲まれている錯覚に襲われる。そこを流星が飛び交う。感動的です。神秘的な悠久の時間が漂います。

それから秘境のサムシンコ湖群へ案内します。山間に美しい湖が点在しています。大きさはそれほどではありませんが、崖の裏や雑木林の蔭からその湖が現れ、その深い透明の水色を眼にすると、誰もが言葉を失います。息を飲むほど美しいとはこのことです。みなさん、ここで泳ごうなどと思ってはいけません。絶対に戻ってこられないでしょう。なぜならこのままこの美しさの中で死んでしまいたいと思うに違いありませんから。古くからそう伝えられています。

そして星を映すときの湖の夜の輝きは言葉では言い表せないほどすばらしいそうです。私はそれを見たことはありません。その美しさを想像するだけで怖くなるからです。そう思うと私は感動のあまり涙が出ます。

また周囲にはいろんな花が咲いています。変わったものでは食虫花です。色は控えめですが、蜜の匂いを放ちいろんな虫を集め花弁の中に滑り込ませて栄養分として吸収してしまう。大きなものでは鼠や蝙蝠なども捕えるそうです。これは事実かどうか確かではありませんが、人間も犠牲になったことがあるそうです。ある時巨大な花弁が萎れて横たわっていたのを見つけた人が、その中を調べたそうです。中にはライターやベルトの金具や靴の鋲や硬貨が見つかったそうです。それと頭髪。金属類を花は吸収しきれずに、力尽きて萎れたのだろうとその人は言っていたらしい。

またオプションになりますが、鳥葬の秘儀も希望者には案内できるかもしれません。人が亡くなった後、読経が済み魂が昇天した後の身体はただの器と考えられています。高原のある場所で数百羽の鳥がその身体を食べにきます。生前の人間の殺生の償いで自然に施しを返すという意味もあります。そのあと鳥は空高く飛んで去っていきます。器、すなわち身体も空高く去っていくのです。それで鳥をこの国では神鳥とも呼んでいますし鳥葬を天葬とも言います。昔から火葬や土葬は死体に対する冒涜と考えられていました。というより、火葬にするにもこの土地に薪、木材が乏しく、また土葬にするにも土地が固すぎます。風習として鳥葬が一番適したのだろうと言われています。

さて、これから近代国家のR共和国について話します。まったく戦いのない平和な七十年でしたが、それだけが発展の理由ではありません。石油こそ出ませんが、近年埋蔵量の豊富なレアメタルが発見されました。おかげで国家経済は豊かです。また質素な生活に慣れ贅沢を好まない国民です。牧畜は盛んで上質の肉が世界中に売れ渡っています。輸出の運搬に耐えられる冷凍技術に秀でて、長時間でも品質の劣化はありません。これも国家経済を支えています。

首都メチカには近代的な病院もあります。全国に施設が広がっていないのはこれからの課題です。医学は相当に進んでいると言われていますが、まだ富裕層や政治家や権力者のみが恩恵にあずかっていると言っても過言ではありません。分野では生体移植技法は世界トップレベルと言われています。それはある時代の日本へ赴任していた大使の功績と言われています。彼は移植用の臓器の長期保存の技術を日本で見つけて、優秀な若い医者を日本へ呼び勉強させました。それはさっき述べました、畜産肉の輸出の冷凍保存の技術と関係があります……」

私は半分眠りかけたまま、あることを思い出して驚いていた。肉の冷凍、臓器の長期保存、それらの記憶が蘇ってきた。たしか牧畜肉の輸出に役立つと言っていた。あの時の冷凍庫のことなのか、あの大使のことなのか。あれが国の発展にそれほど貢献したのか。そして臓器移植医学の発展とは。

「昔からわが国では、凍傷で手の指を切断した人に、指を移植する技術はありました。行き倒れの人間から指をとりました。最近では健康な死刑囚から、我が国はまだ死刑があります、罰は厳しいのです、上質の臓器を取り出すこともあります……」

私は眠っていたのか、意識を失っていたのだろうか、あとは何も聞こえず覚えていない。とにかく飛行機をいくつも乗り換えて周りが移動するに任せて長い時間浮遊していたようだ。そして真昼の高原の土地へ着いた。空は晴れ渡って紺碧に光っていた。空がこれほど大きく美しいのにはじめて気がついて私は感動した。


ホテルは最近できた日本のビジネスホテルくらいだろうか。ただベッドとバスタブがやたらに大きい。これは各国から技術者を招聘するのに必要な条件らしい。ジンギスカン風の昼食には疲れているのか手を付ける人は少なかった。

「皆さん、お疲れのようですので夕方までお部屋でゆっくりしてください。また散歩されてもかまいませんが、あまりホテルより遠くには行かないでください。夕食後皆さんが集まり次第、ペルセウス流星群を見にいきます。車で三十分くらいの丘に行きます。素晴らしいですよ」

飛行機の中で眠っていたためか私は疲れていなかった。同行者たちはあわててそれぞれの部屋に散らばっていった。散歩でもと思った時、ガイドが寄ってきた。そして私の返事をまったく無視して勝手に決めたように言った。

「さあ、鳥葬の見学に行きましょう。鳥葬台まで車で一時間はかかりません。夕方までには戻れます」

私は鳥葬に関する知識はまったくなかった。それなのに何故そう思ったのかもわからない。無数に飛んでくる美しい白い鳥が死体を愛撫するように啄んでいく。親族の読経は高原の風にのって優しく流れて行くのだろう。

私の想像、勝手な思い込みとは全く違って私は大きな衝撃を受けた。それは私の人生観を変えた、というより曖昧だった考えをはっきりさせてくれた。その残酷さに私は完全に打ちのめされた。それでも少し離れたところから双眼鏡で見たからよかったものの、それが眼前だったら私はもう立ち上がれなかったかもしれない。

ガラス越しに見た世界が少しは現実感を薄めてはくれたようだ。ここで私は淡々とただ事実を見たまま聞いたまま述べることしかできない。

遥か先まで広がる高原の丘の窪みに小さな石塔が立っている。その前で黄色の衣を纏った数人の僧侶が読経している。日本仏教の響きと同じだ。儀式が終わると横の広場に黄色い幕が掛けられる。その中へ普段着のままの男たちがビニールの前掛けをして集まってくる。彼らは鳥葬士と呼ばれている。死体の解体作業が行われる。鳥が食べやすいように分断される。雄大な空と白雲を背景に悠々と鳥が降りてきて、匂いを嗅ぎつけて対面の斜面に集まってくる。二メートルはあるだろう禿鷲がその斜面を埋め尽くす。数百羽だろう。次第に鳥の声が騒がしくなってくる。一時間ほどすると幕が取り外される。双眼鏡でばらばらになった死体を確認した一瞬後に、一斉に鳥の大群がその斜面を滑り降りる。砂ぼこりが舞いあがる。死体に襲いかかる。死体はもう見えない。群がり押しあい潜り込み肉を奪い合う。鳥の戦いの声が高原に響き渡る。真っ先に肉を食った鳥は群れを抜ける。嘴と顔が血に染まっている。僧侶たちは立ったままじっと見ている。頃合いを見計らって男たちが鳥を一斉に追い払う。鳥たちは素直に元の斜面に戻り待機する。薄茶色の鳥たちで埋め尽くされた対岸は波のように揺れている。双眼鏡からはばらばらになった板切れのような骨が散らばっているのが確認できる。丸い石ころのようなものは頭骸骨だろうか。風の向きで死臭が襲ってくる。頭蓋骨から脳みそを取り出しています、鳥が食べやすいようにですと傍で声がする。その作業が終わると別の男が大きなハンマーのようなもので頭蓋骨を砕き、他の骨も一緒に粉々になるまで続ける。それも餌になるらしい。再び鳥の襲来と喧噪。血の跡と皮膚の断片を残して鳥が彼方へ去っていったのは夕暮れに近い頃だった。読経と風が死臭を消して高原をそよいで流れていく

完全に肉体は消えた。個としての存在は抹殺された。魂《たましい》が昇天していると思うことだけが救

いになる。意識の喪失とともに魂が消え、個体も現実に消滅したとするとそれに耐えられる者はいるだろうか。私は魂というものを信じていない。すると私が今生きているのは、その終末にこうして粉々にされ鳥に食われるために生きているだけなのだ。肉体は泣くことも出来ず、抵抗も出来ずただ処理される。それまで生きてきたことの意義はない。ごく自然にそう思ったが、それは妙に新鮮に感じられた。私は冷静なつもりだった。遠めに見ただけとは言え、ショックが私の意識を翻弄していたのはまちがいない。私の考えは堂々巡りから小さな渦に巻き込まれて狭く細い闇の中に吸い込まれていった。生きていることは消滅することを証すだけだ。私が身体をここにこうして現実に持っていることすら悩ましい。消滅の目的で生きているだけだ。粗末な個としての肉体は愚弄され否定される。今まで生きてきたことが罪であるがごとく抹殺される。肉体は理由も憎しみもない何者かに復讐を遂げられる。生に意味はない。ならば人間は早く死ぬべきだ。自分の意志で生を拒否すべきだ。

車に乗ったのは覚えている。ガイドが何か言ったのに生半可な返事をしたのも微かに覚えている。一軒の家の前で降ろされて私は中へ入った。靴を脱いで畳に似た敷物の部屋に入った。小さな地蔵菩薩や釈迦像が棚に並んでいる。茶器や壺もある。異国にいるのに落ち着いた気持ちになった。まだ意識が別の感覚の層に入り込んだままだった。

茶が出され私は一気に飲んだ。懐かしい優しい味だった。気分は安らかになり、若いころに感じた何かへ対する希望のような甘さが喉元から広がった。

入ってきた男は墨染の衣に似た着物を羽織っていた。明るい声で、やあ久しぶりですね、覚えていますか、と言った。男は私より十歳ほど年上だろう。急に親しみが起こって来て閉ざされた意識の底が明るく開いた。私も思わず微笑んだ。

それは三十年前に会ったR共和国大使だった。日本語が流暢になっている。その時と違っているのは、目蓋が年相応に優しく垂れ下がり頬も膨らみ、頭が少し禿げていることだった。私はその禿具合が私の頭とそっくりなのに驚いた。旧来の親友のような親しみがわいてきたがそれだけではなかった。それはあと十年も経つと私がその顔になるのではないかと思った瞬間だった。

かつての下川博士の日本のルーツはR共和国だという説が思い出された。それに近頃はやっているDNA鑑定の開発初めの頃、一人の日本人のDNAが遠いロシアの寒村のある若者のものと一致したなどと騒いでいたことも思い出された。私と大使が偶然にそういう関係であったとしても不思議ではない。それがどれだけの確率のものか考える理性はなかった。

「貴方の御尽力がどれほどわが国の発展に寄与したか計りしれません。感謝し尽くせません。あの時のことを覚えていますか。あの冷凍庫は素晴らしいものでした。わが国の羊肉はおかげで供給が間に合わないくらい日本へ売れました。あのあと大型の冷凍庫を造ってもらい、それがまた大量輸出に役立ちました。良質の水と大自然の高原草で育った羊肉の美味しい味がそのまま輸出できました。今でも貴国の北海道名物ジンギスカンの肉はほとんど我が国からのものです。

そこで私は考えました。これは人間の臓器に適用できるのではないかと。それからは長くなりますが、多くの研究者を海外から招いて研究を進めた結果、良質の臓器を長期間保存することに成功しました。並行して免疫適合技術も進歩しました。近年のＤＮＡ研究の進歩も助けてくれました。そして中国の一部とアジアの国には臓器を輸出することもできるようになりました。それにレアメタルの大量の埋蔵鉱脈の発見も相まってわが国は裕福になりましたが全国民が豊かというわけではありません。

おこがましいとは思いますが、われわれ支配階級がこの国を引っ張っていかねばならないのが現状です。全国土を近代化する必要はありません。多くの民は自然のなかで平穏に日々を送るのがいいのです。多少不便で、多少貧乏でも短くても満足して生きればいいのです。われわれはそれを続けさせてやる義務がある。我々の生命はそのためにある、宿命とも言えます。

今私に興味があるのは長寿ということです。すべての人間には必要ない。選ばれた支配階級のものだけでいい。私が指揮を執っている長寿研究グループはいままでの臓器保存技術のおかげで相当の実績を出しています。上質の臓器を移植し続ければそれだけ寿命は延びるはずです。

理論的には永遠に続くかどうかが課題になります。ただまだ現在の問題は現状をいかに長く保つか、いかに長く人民を平穏に暮らさせるかです。

かく言う私は正直なところ少々肝臓をやられています。一昨年、南アメリカへ行った時にある料理店でコックが指を怪我したまま私の食事を作りました。その時E型肝炎に罹患させられたらしいのです。それで今は上質の肝臓が入るのを待っています。担当によると近々それが出来そうです。またその時にでも先生にお会い出来ればうれしい限りです。それにしてもまず今日先生とお会い出来てよかった」

私は何杯もお茶を飲んでいた。鳥葬の生臭い記憶が喉をからからにして締め付けていたが、お茶で癒されたようだった。そして大使の不思議な話はおとぎ話になって私を夢見心地にしていた。外は闇に包まれていた。

「今晩はペルセウス流星群を見に行かれるのですね。丘の上は寒いですよ。お付き合いはできませんのでこれをお貸しします。使ってもし気に入られたら差し上げます」

それは黒革の立派な寝袋だった。これにくるまって横になり空を見上げるのが一番いい観察の仕方です、と説明もしてくれた。内側は深い羊毛で覆われている。

最後に熱いお茶を飲んで私は辞した。それがよかったのか悪かったのかわからない。

ガイドが案内した場所は昼間の鳥葬台の少し上だった。周りは低い丘陵に囲まれてその上に満天の星をきらめかせた漆黒の空が覆いかぶさっている。確かに星の煌めきは冷たく鋭い。その強さが眼を射て身体を貫くように襲い掛かってくる。空の端から端まで敷き詰められた細かな星が、さらさらと音を立てて流れている雄大な帯は天の川だろう。

ゆっくりそれを鑑賞しようと思った途端、生臭い匂いが襲ってきて現実に引き戻された。数百羽の禿鷲の糞の山だった。鳥葬の記憶が蘇った。それは醜悪な残酷な映像になって蘇り、私をどうしようもない悲しみに陥らせた。胸がつかえて気分が悪くなった。実際には見た記憶はないのに、死体の顔が浮かんできた。木彫りのように静かな表情をしている。鳥の顔の周りは血で赤いのに、眼は丸く表情は間が抜けているほどだ。禿げている頭は可愛い。私の力は体から抜けた。ガイドはシーツを広げてくれた。私はその上に借りてきた毛皮の寝袋にくるまって倒れるように横になった。知らない花の香りがしたが、昼間の死臭であったかもしれない。それが安らかな匂いに感じられても私には不思議ではなかった。虚脱感と寝袋の心地よさが私を救ってくれた。あまりの気持ちよさにそこから再び抜け出すことが出来ないのではないかという怖れをふと感じるくらいだった。その時はあきらめるだけだとごく自然に思っても苛立ちはなかった。花にくるまれて眠るのはこんな感じだろう。それが正常な感覚の終わりだった。

一度目を閉じて再び目を開けると、眼のすぐ前にたくさんの水色の星が浮かんでいる。突然割られて飛び散った氷の破片、息を吹きかけると転がりそうである。美しい。どこかの詩人が、きらめく星は熟れて垂れ下がった葡萄の房のよう、と詩ったのを思い出す。手が届きそうである。

だがもう一度目を閉じて開けると、世界は一変していた。無限の宇宙空間に煌めき散らばる星々の間を私は大きな体になって浮遊している。無音の世界は涼しく心地よい。星は散らばる闇の中で輝く巨大なダイヤモンドとでも言おうか。その一つの星を見つめると、急に大きくなったり小さくなったり、あるいはぶるっと震えて私に挨拶をしているようだ。時たまぶつかってもすり抜けていく。遠くから流星がこちらへ流れてきては消えまた去っていく。私をからかっているようでもあり、愚弄しているようでもある。幼児の笑い声のような嬌声をあげて私を誘惑しては逃げていく。天の川も私の浮遊に合わせて流れを変えて蛇行する。これが永久の時間であると私は疑わない。

どのくらいの時間が経ったのかは意識にない。ガイドが私に声をかけてもまだ起き上がることはできなかった。星の群れは高い空へ吸い込まれて消えていった。意識は戻ってきたが、心地よさに私の体は完全に力を失くしていた。これが至福の時というのだろうか。

翌朝意識は戻ったが、耐えられない身体の苦しみに襲われた。喉が乾燥で荒れている。つばを飲み込むのも痛く痰に血が混ざっている。悪寒が背中から脇の下にへばりついて体がだるい。

風邪を引いたか。それよりも昨日は緊張と興奮のために忘れていたのか。耐えられない呼吸の苦しさは高山病だろうか。呼吸するにも空気が粘性でゴムのように堅く吸い込むことが出来ない。海底で窒息するのはこんな気分なのだろう。お茶が欲しいと電話をするが声が出ない。何時だろう。今日はサムシンコ湖群と食虫花を見に行く日だ。車で三、四時間ということだった。不参加にしようかどうか考えながら私はロビーへ降りていった。

ロビーでは大勢の人たちがせわしげに動き回っている。だが誰もが無表情で忙しげなのに、私にはスローモーションの動きにしか見えなかった。喋りあう人々からも声が聞こえない。同行者たちは私を待っていたのに遅れたのを咎める気配はなく目も合わせなかった。彼らにも表情はなかった。私は自分の感覚が狂っているのを確信した。それでも一日中部屋で風邪薬でも飲んで休んでいたらよくなるだろう。

ガイドを見つけて不参加を告げたが、自分の声が聞こえない。私は両手でバツ印を示した。ガイドは言った。

「わかりました、また明日でも明後日でも別にご案内できます。それより先生、お願いがあります。ヤンさん親子を病院まで連れて行って、しばらく付き合っていただけませんか。子供さんが熱を出して、苦しそうです。病院へは連絡済です。薬と点滴ですぐによくなるだろうとのことです」

旧大使の自慢の病院を見学できるのも面白いと私は思った。ついでに私も栄養分でも打ってもらおうか、昨日からあまり食事もとっていない。ガイドは何本かの缶ジュースの入った二袋を私に渡して同行者たちとバスへ向かった。

しばらくすると親子が現れた。少年は頬を真っ赤にしている。細い眼は熱のためか涙で濡れている。厚手の服を着ているが寒そうだ。表情は苦しげに咳をするほかは変化がない。夫人は紺のスーツに身を固め、伸ばした背筋と腰の線は美しかった。白髪は年のせいではなく魅力を増すためにわざと染めたかのようだった。私はこの役を引き受けてよかったと思った。よろしくお願いしますという夫人の眼に私は魅入られた。日本へ帰ってからの再会の楽しみがもう感じられた。

タクシーは市場を抜けて走った。空は晴れわたって青く透き通っていたが、私は悪寒に捉われたままだった。そして少年の咳に気をとられまいと、外の景色に見入ってみた。砂ぼこりが舞い大勢の人間がひしめきあっている。原色の民族衣装に身を包んだ女性も見かけたが、男女のほとんどは労働者風の格好だった。合間に見える屋台やリヤカーには色とりどりの果物や野菜が並んでいる。山羊も繋がれ、軒下には蝙蝠や鳥がぶら下がっている。蝙蝠のスープは美味しいと聞いている。棚に並べられた赤黒い塊は何の肉だろうか。檻には子犬が騒いで鳴いている。それも食肉だろう。窓を開けると熱風に混じって汗にまみれた人間の体臭と大蒜の匂いが流れ込んでくる。私は吐気をなんとか我慢する。大きな口を開けて人々が何かを喋っている。しかし喧騒に満ちているはずのそれらの風景は無音のただの映像になって私の眼前を通り過ぎる。私は車の揺れに身を任せたまま夫人の香水を感じようとしたがまったくの無臭だ。

市場からいきなり街になった。舗装された道路の両側に近代的なビルが十棟ほど建っている。せいぜい七、八階だが、どれも似たようなビルだ。ガラス窓が太陽に輝いている。高級車がその間を走り抜ける。二階建ての煉瓦造りは国旗が掲げられているので県庁舎だろう。その横が病院だった。

日本の四階建てくらいの地方都市の大病院という感じである。救急車が停まっているが日本のそれと全く同じだったのに、少し感じていた不安も消えた。ただ玄関を入ると入り口が二つあるのに驚いた。一方は現地の人々だろう、粗末な服の男女で幼児を連れた女性が多いが老人は少ない。静かに列をつくって並んでいる。もう一方は男女とも身なりは富裕層という感じで老人もいる。白人も三人ほど並んでいる。ヤン親子はその方へ並んだ。私もそこへ入ろうとしたら門番が険しい顔で飛んできた。

「ここは外国人専用だ」と言ったと思う。

私は現地人とみられたのが嬉しくてとっさに中国語で答えた。

「私は日本人だ」

通じたのだろう、彼は黙って引き下がった。

中へ入ると受付の窓口が二つあってそのための列だった。大使の言うような支配階級との差別ではなかったのにほっとした。保険制度とか国民医療費無料とか何らかの違いだろう。待合室は広く外光を採り入れて明るい。次々に現地人らしき人々が入ってきたが待合室は十分に広く静かだった。騒音は高い天井へ吸い込まれるように消えていく。家族連れらしき数人は椅子で食事を始めている。日本と同じ服の看護師やスタッフは忙しそうでもなく、ゆっくりした動作で、まるで散歩しているように行き来している。私の感覚がまだ戻っていないのだろうか。

看護師に呼ばれてヤン親子は廊下へ消えて行った。別れ際に夫人が私にかすかに微笑んだのはただのお礼の意味だけだったのだろうか。私はそれだけしか考えられずぼんやりしていた。咳がひどくなければ私は眠っていただろう。

次に私は広い廊下を案内されて奥へ進んだ。看護師はマスクをしているので表情が窺えない。廊下は清潔で明るい。誰ともすれ違わない。緊張のためか咳が止まったようだ。大きな部屋に案内されてまず血圧と体温を測る。血圧は百、低い。体温は三十八度五分を示している。綿棒で鼻の中の粘膜の細胞を採取する。インフルエンザの検査だろう。血液も検査のために採血される。気がつくと大きな装置が目の前にある。私は知識があるわけではないが、それがX線CTスキャンというくらいはわかる。促されるままにその台に横になる。空気が心地よく暖かい。

何の抵抗もなく三十分も経っただろうか。ここまで丁寧で親切でなくてもいいのにと思う。

それからやっと診察が始まった。医者は女性で髪を束ねて後ろで結んでいる。大柄でやはりマスクをしているので表情はわからない。眼は細く何か懐かしさが感じられる。消毒液に混じって胸元から柔らかな匂いがする。私は今朝から熱があって体がだるいと英語で言った。彼女は優しい眼の光でうなずく。私はまだ何か喋りたくて、病気は「サーズ」ではないかと聞いてみた。何年か前に中国山東省から発した「サーズ」という病気が流行って日本のみならず世界中で大騒ぎになったことがあった。私はふと不安になったのだった。彼女はえっ、知らないという風に頭を振った。私は今度は漢字で「重症急性呼吸症候群？」と書いてみた。彼女の眼が微笑んで今度も首を振った。次に正確かどうかわからないが「栄養　点滴」と書いて差し出した。彼女は肯いた。

案内された病室は個室で狭かった。ドアも壁も真っ白に塗られ消毒液の匂いが充満している。壁の上の方に小さな窓があって真っ青な空が見えた。まるで独房のようだと思ったが、点滴が始まると気持ちよくなって、モニターの心電図と血圧計の信号音につられて眠りに落ちていった。

私はかなり長い時間眠っていた。目覚めると窓の外はもう真っ暗になっていた。咳は止まり熱も下がったようだ。しかし頭の芯が痺れて何かを考えなければと思いながらただ焦る気持ちだけが残っていた。疲れが溜まっているのだろうか。立ち上がろうという気力がなかった。夢の中に陰鬱な映像が絶え間なく流れ、目覚めてやっとそれから解放されたという安心感も少なく、それが後を追ってくるのではないかという怖れから抜け出せそうになかった。そのくせ今くるまっている毛布が気持ちよく、怖れと不安を抱えたままでもう一度眠ることが出来そうだった。昨晩の黒革の寝袋が思い出された。あの心地よさはどんな醜悪な恐怖も取り除いてくれる。おぞましい鳥葬の儀式もあの寝袋に包まれて眺めれば、優雅な優しい昇天の祈りに見える。

今日サムシンコ湖群に出かけた同行者たちはもう戻っただろうか。美しい湖の周りに乱れ咲く花々、食虫花。虫を捉えた食虫花を見たのだろうか。鼠や鳥を食べる瞬間を見たのだろうか。あるいは誰かが足を滑らせて花に吸い込まれてしまったりしていないだろうか。溶けていく時間は苦痛だろうか、至福の時だろうか。私は自分が食虫花の中で溶けていくのを一瞬の間想像して楽しんだ。

急に腹が減ってきた。昨日からほとんど食べていない。幸い携帯電話が手元にあった。だがホテルにはつながらない。ガイドのものからは、使われていませんという返答だけだ。まだ帰っていないのだろうか。不安を追い払うように貰ったジュースとお茶を一気に飲んで私は立ち上がった。タクシーを捕まえてホテルへ戻ろう。ヤン親子は多分よくなって帰っているだろう。

空になったままの点滴瓶の針を抜いて外へ出た。ドアの外には誰もいない。あたりは静まり返っている。今朝の廊下の逆を、想像しながら辿って待合室へ出ることが出来た。広い待合室は薄暗く森閑としている。咳ばらいがこだまする。少し寒いが我慢すればいい。ドアを押すまで心配だったがそれは難なく開いた。

私は唖然とした。車も人も誰もいない。道を挟んで見えるのは低い丘が連なっているだけで、その上は真っ黒な空が広がっている。星も月もビルも明かりは何もない。街はどこへ消えたのか。遠くに目をやっても闇の底が浮かんでくるだけだ。動いている金色の小さな光は野犬の眼だろうか。恐怖が襲ってきたが、それを意識から追いやって、私は落ち着けと自分に言い聞かせて立ちすくんだままだった。

その時私はあっと声を上げた。荒涼とした風が沸き起こり、丘の上に広がる空の闇が布のように二枚にめくれ、大きくはためいて揺れた。そしてお互いに包みあうように丸まり、私を飲み込もうと覆いかぶさってきた。それは巨大な食虫花の漆黒の花弁だった。

まだ抵抗する気力はあったのだろう。入り口にあわてて戻った瞬間、私は大きな柔らかな春の風のようなものに捉えられて身動きが出来なくなった。懐かしさが蘇った。私は幸福な気持ちで立っていた。昼間の女医が優しい微笑みを浮かべて私の手首を摑んでいた。その力は強かった。私は恐怖と安心感と快感を同時に感じた。マスクを外したその顔は懐かしい女性に似ている。形のいい口には紅が塗られ、少し開いたまま何も語らなかったが、私にはすべてが理解できた。

私は再びベッドに横にされ点滴がまた始まった。そして今度は両手を抑制バンドで固定された。恐怖は点滴の適数につれて少なくなっていった。私は虚脱したままそれを眺めていた。女医は私が眠るまでそこにいるようだった。細い眼で私を見つめている。大きな口から洩れる息の匂いは私を恍惚とさせた。幼い私を包んでくれたあの家政婦にそっくりだった。彼女が教えてくれた食虫花。虫たちはうっとりととろけていくのよ。その声が蘇る。

この病院が巨大食虫花なのか。私はR共和国大使にはめられたのか。ヤン親子は囮だったのではないか。まさか、私は溶ける前に臓器を取り出され、それはあの大使に移植されるのではないか。我々のＤＮＡは合致しているのだろうか。うまくいくとよいが。しかし私は生きていないのか。それも朝になるとわかる。残った意識で次々に考えているうちに私は次第に眠りに落ちていった。それにしてもいい気持ちだ。

恐怖は諦めて受け入れてしまえば心地よい。

R共和国奇譚　……　食虫花

■著者略歴
井本元義（いもと・もとよし）
1943年生まれ　九州大学物理学科卒
詩集『花のストイック』
　　『レ・モ・ノワール』
　　『回帰』
小説『ロッシュ村幻影』
第1回　新潮新人賞佳作　「鉛の冬」
第35回福岡市文学賞　『花のストイック』
第9回文芸思潮まほろば賞　「トッカータとフーガ」
仏政府主催　仏語俳句大会グランプリ
住所　813-0025
　　　福岡市東区青葉6-7-4
Eメール　motoyoshiimoto@yahoo.co.jp

廃園　幻想花詩譚

2019年2月8日　第1刷発行

著　者　　井本 元義
発行者　　田島 安江
発行所　　株式会社 書肆侃侃房（しょしかんかんぼう）
〒810-0041 福岡市中央区大名2-8-18-501
tel 092-735-2802　fax 092-735-2792
http://www.kankanbou.com　info@kankanbou.com

DTP　　吉貝 悠
印刷・製本　シナノ印刷

ISBN978-4-86385-352-2 C0093